二度目の恋なら

高岡ミズミ

幻冬舎ルチル文庫

CONTENTS ✦目次✦

二度目の恋なら

✦カバーデザイン＝久保宏夏（omochi design）
✦ブックデザイン＝まるか工房

イラスト・竹美家らら✦

二度目の恋なら

1

広いリビングのソファに腰かけ、天井に立ち昇る煙草《たばこ》の煙を眺めながら、藍川尋《あいかわひろ》は今後について思案していた。いくら考えても妙案は浮かばないとわかっていても、衣食住のうちの住を完全に失ってしまったいま、先行きについて頭を巡らさずにはいられない。

ネットカフェやカプセルホテルを使うにしても限度があるし、最悪、野宿を覚悟する必要があった。

「まあ、もともとこんな高級ホテルみたいな部屋に住めたこと自体、なにかの間違いのようなもんだったし」

二十畳のリビングの隣には、料理のできない尋には無用の長物だったダイニングキッチンがあり、他にも書斎、寝室、ゲストルームと、ひとりで住むにはもったいないくらい豪奢《ごうしゃ》な部屋なのだ。

実際、尋はリビングと寝室しか使っていなかったし、家財道具はすべてヨーロッパ製というのだから、分不相応にもほどがある。三か月とはいえ、夢のような生活ができたことはいい経験になった――と、思うべきだろう。

ぷかりと丸い煙を吐き出したとき、軽やかなチャイムの音がリビングに響き渡った。

「やっと来たか」

灰皿で吸いさしの火を消し、ソファから腰を上げる。インターホンの画面に映ったキャップを被《かぶ》った男が会社名を告げるのを待って、オートロックを解除した。エレベーターで十三階まで上がってくるのに数十秒かかり、ふたたびインターホンが鳴る。

玄関で待ち構えていた尋は、

「待ちくたびれた」

勢いよくドアを開けた。

「すみません。道が混んでい――」

男の声がそこで途切《とぎ》れる。彼も驚いたかもしれないが、尋はそれ以上だ。声も出せずにただ男の顔を凝視してしまった。

「――藍川」

名前を呼ばれてもすぐには返事ができなかったくらいなので、衝撃の大きさが知れようというものだ。

グレーのツナギに身を包んだ男は、胸の隅っこに染みのようにこびりついていたほろ苦い思い出を呼び覚ます。目の前の男と、記憶の中にあるまだ少年らしさの残る面差《おもざ》しが重なり、一瞬、宙に放り出されたような不安定な感覚に囚《とら》われる。

「げ。なんで、おまえが」

しかし、男の背後から割り込んできた別の声のおかげで我に返り、一度大きく肩を上下させてから、動揺を脇《わき》に押しやり久しぶりに会う男へ向き直った。

「えーと、確か同級生だったっけ？　ごめん。名前が出てこない」

嘘《うそ》だ。本当は、他の誰《だれ》より目の前の彼のことは記憶に刻まれている。

矢代知佳《やしろともよし》。高校時代の同級生で、恩人で、恋心を抱《いだ》いたあげく見事玉砕《ぎょくさい》した相手を忘れるわけがない。

「矢代だ。矢代知佳」

知ってるよ、と心中で答えた尋は、さもいま思い出したという態《てい》を装い両手をぱんと合わせた。

「あー、そうだったそうだった。矢代。憶《おぼ》えてるよ」

強盗にでも出会ったかのごとく睨《にら》んでくる背後の男は無視して、矢代ひとりに懐かしげな笑みを浮かべてみせた。

「Yクラフトって、いつから社名変えたんだ？　昔は確か矢代モータースだったよな」

『矢代モータース』は矢代の父親の会社で、矢代が家業を継ぐという話は高校生の頃から聞いていた。兄弟はいないし、ときどき手伝ってるが車いじりは好きだから、と。

「父親が亡くなって俺が継ぐ際に、母親がもっといまどきの社名がいいと言ったんだ」

「あ、そうなんだ。ご愁傷様《しゅうしょうさま》」

社名が変わったから、矢代とは気づかずに電話をかけてしまった。間が悪いと、顔も知らない矢代の母親に対して恨《うら》めしい気持ちになる。

望んだ再会ではない。むしろ、会いたくなかった。

「もう五年も前の話だ」

矢代が片頬《かたほお》で笑う。昔と同じ、左目だけを細めたその表情にどきりとした自分に狼狽《うろた》え、取り繕うために同じくツナギを着た背後の男に目をやる。

「で？　そっちの苦虫を嚙《か》み潰《つぶ》している奴《やつ》は、従業員？」

こいつもよく憶えている。当時から野球部の先輩である矢代のあとをついて歩いては、尋を目の敵《かたき》にしていた——一学年下の『金魚の糞《ふん》』ならぬ『矢代の糞』だ。

記憶力がいいのも困りもので、なにかと威嚇《いかく》してきた鬱陶《うっとう》しい後輩の坊主頭にあった小さな禿《は》げまで鮮明によみがえってくる。人相はよくないのに無駄につぶらな瞳《ひとみ》をしているせいで、まるでチワワのように見えたものだ。

「ああ、野島《のじま》だ。こいつ、あの頃とあまり変わってないだろう？」

矢代に親指で示された野島は、確かにあまり変わっていない。当時とちがうのは髪型くらいだ。大きな目を細くして尋を睨み、不審者にでも接するような態度を取るところも同じだった。

「つか、あんたここに住んでるんすか？　あくどい商売でもしてるとしか思えねえっすね」

再会したばかりだというのに、矢代が遠慮したにちがいない問いかけを後輩の分際で堂々と投げかけてくる。

「住んでちゃ悪いですかね」

むかついた記憶がよみがえり、大人げないと承知で顎《あご》を上げて即答した。が、野島に対抗してしまった自分にうんざりして、口許《くちもと》に薄笑いを引っかけた尋はぐるりと周囲に視線を巡らせてみせた。

「とは言っても、確かに分不相応だし、今日追い出されてしまうけどな。もともと俺の持ち物じゃなかったし」

野島が疑心もあらわに首を傾《かし》げる。いまさら見栄《みえ》を張ってもしようがないし、多少自虐《じぎゃく》的《てき》な気持ちも手伝ってひょいと肩をすくめた。

「一週間前、お金持ちのパパが亡くなったんだ。で、男妾《おとこめかけ》の存在を知った息子たちが慌《あわ》てちゃって、どうにかしなきゃいかんってことで、男妾は無一文で放《ほう》り出《だ》されることになった、ってわけ」

無一文というのはけっして大袈裟《おおげさ》ではない。部屋も家財道具もすべて「パパ」の所有物で、尋個人の持ち物といえば、多少の衣服と年季の入った愛車だけだ。五年前二十六万円で購入した中古のチェロキーは尋にとっては唯一の財産で、思い入れもある。

「男妾……うわあ」

案《あん》の定《じょう》、野島がやっぱりとでも言いたげな目で見てきた。昔とまったく同じ反応をされ、だからどうしたと挑発的な半眼を流す。男妾だろうが男娼だろうが、他人にとやかく言われる筋合いはない。

「つか、息子に追い出されるって、その金持ちいくつだったんだよ」

野島の質問に、とびきりの笑みで応じる。

「七十三だったかな」

「花のようだ」「美しい」「まるで天使だ」と評される、尋にとっては生き抜くための武器も同然の笑顔だが、もちろん、今回は嫌がらせ以外のなにものでもなかった。

艶《つや》やかな髪に奥二重《おくぶたえ》の涼やかな目と細くまっすぐな鼻梁《びりょう》、色っぽいと評されるやや厚めの唇。染みひとつない抜けるような肌。百七十六センチのバランスの取れた体軀《たいく》。美しい容姿に生まれたからには、使わなければ天罰《てんばつ》が下るだろう。現に「パパ」も、自身の価値を冷静に判断して活《い》かせるものは活かしたほうがいいと言ってくれていた。

「うわ。爺《じい》さんじゃんか」

「おまえよりよほど格好よかったけどな」

事実を口にし意味深長な流し目を送ってやると、野島は頬を引き攣《ひつ》らせて矢代の背中に隠れる。矢代は呆《あき》れた様子でため息をこぼしたあと、なぜか相好《そうごう》を崩《くず》した。

「――なんだよ」

なにがおかしいのかわからず、不審に思って矢代を窺《うかが》う。矢代は笑いながら肩越しに野島を見たあと、尋にふたたび顔を向けた。

「思い出したんだ。仲がいいのか悪いのか。おまえら、昔からそんな感じだったよな」

どこか愉《たの》しげに発せられた一言を、聞き流すわけにはいかなかった。もし本気で「仲がいい」と思っているとしたら、矢代の目は節穴だ。

「いいわけねえっしょ！」

尋が否定する前に、野島が声を上げる。

「俺はねえ、チカ先輩がそいつの毒牙《どくが》にかかるんじゃないかって心配だったから、目を光らせてたんだ」

しかも自分で言った言葉で不快になったのか、鼻に皺《しわ》を寄せる。いまだ「チカ先輩」かよと、心中で突っ込みを入れた尋は、鼻で笑ってやった。

野球部の連中や友人たちは、矢代を「知佳」ではなく「チカ」と呼んでいた。およそ矢代には似合わない女みたいな呼び方を聞くたびに「おまえらじつはみんなホモで、矢代を狙《ねら》ってるだろ」と、本気で疑ったものだ。

いま野島が「チカ」と呼ぶのを聞いても、やはり厭《いや》な気分になる。

「それは悪かったな」

おまえのほうだろ。矢代の糞め。

声には出さずに腹の中で吐き捨てる一方で、不思議な感覚が込み上げてきた。矢代の笑い方も野島の態度も十年前と同じなのに、実際に尋が目にしているのはやはりあの頃の光景ではない。学生服を着た、少年の面影を残した矢代はもうおらず、どこからどう見ても大人の男だ。

仕事の影響なのか、身長が伸びている以上に身体《からだ》がひと回り大きくなっている。眦《まなじり》の切れ上がった目も上下同じ厚みの唇も、顎から頬にかけての輪郭《りんかく》も、確かに記憶にあるのに、よく見るとまるでちがった印象を受ける。

話し方もそうだ。当時より低い声。落ち着いた口調。

当然だと尋は苦笑した。同じはずがない。自分が知っている矢代は十八歳だ。あれから十年たったのだと、脳裏《のうり》によみがえってくる高校時代の矢代と比較して実感する。

「だから、俺はあんたのそういうところが――っ」

身を乗り出してきた野島だったが、直後、ぐはっと呻《うめ》いた。矢代が野島の頭を摑《つか》んで、背後へと押しやったからだ。

「おまえ、少し黙ってろ」

「けど！」

矢代の命令に野島が不本意そうな顔をしたのはほんの一瞬だった。先輩で、いまは上司でもある矢代に逆らう気はないらしく、ぶちぶちと文句を言いつつもおとなしく従い、二歩ほど後ろに下がった。

矢代と正面から向き合うと、気まずさが増す。この機会に車の点検をしておこうなんてなぜ考えたのか、昨日の自分を恨みたい気分になった。よけいなことをしたから、望まない再会をするはめになったのだ。

「戻ってきてたんだな。こんなに近くに住んでて、いままで会わなかったのが不思議なくらいだ」

改めて懐かしげに目を細める矢代に、尋は眉《まゆ》をひそめる。案外図太い矢代の神経を疑いたくなるが、確かに十年前の出来事なんてどうでもいいことなのかもしれない。

もとより尋も高校生の頃の失恋を根に持っているわけではなかった。ただ、矢代にとっては苦い思い出だろうと思っていたので、普通に対応されると拍子抜けしたというか、所詮《しょせん》その程度のことだったのかと失望したというか――。

「あー、俺が町に戻ってきたの、三、四か月くらい前だから。矢代は社長やってるんだな。すごいじゃん」

振られた身としては、複雑な感情が胸を占《し》める。とっくに忘れたつもりでも、思春期の恋心は案外引きずるものなのだと思い知らされていた。

「さっきも言ったとおり親父のあとを継いだだけだ。もともと俺を含めて従業員五人の小さな会社だしな」

「それでも、一国一城の主《あるじ》だろ?」

自分で言った台詞《せりふ》に新たな記憶の扉が開く。家業を継ぐことになるだろうなと矢代が話してくれたとき、尋はまったく同じことを口にした。車の修理会社を継いで汗を流している矢代の姿は容易に想像できた。

――一国一城の主か。格好いいな。俺なんて、自分がどうなってるのかまったくわからない。やりたいこともないし。とりあえずすぐにいまの伯父《おじ》さんちは出たいかな。

羨《うらや》ましさ半分、投げやりな気持ち半分でそう返した尋だったが、矢代の返答は思いもよらないものだった。

――どこにも行くところがなかったら、そのときはうちの会社に来るか?

おそらく冗談だったにちがいない。けれど、尋にとっては忘れられない一言になった。

「一国一城の主、か。昔も同じことを言ったな」

ふっと矢代が口許を綻《ほころ》ばせる。憶えていたのかと思うと同時に、やわらかな表情にどきりとして、慌てて視線を床に落とした。

「とりあえず、車の点検してほしいんだけど。次の住処《すみか》が見つかるまで車で寝泊まりするつもりだから、念入りに頼む」

冬場でなくてよかった。九月半ばのいまだからこそまだ車で数日過ごせる。

口早に用件を告げ、そこで話を終えるつもりだった。だが、尋が差し出したキーを受け取

った矢代はその場を動かず、キーにつけていた猫のストラップを眺めながら、

「次の住処？」

そこだけ鸚鵡《おうむ》返《がえ》しした。

まっとうな家で育って地に足の着いた生活を送っている矢代からすれば住む家がないという状況は理解しがたいのだろう。でも、尋にはいまさらなことだし、過去にはブルーシートで暮らした経験もある。

いまは車があるだけましだ。

「そ。車が戻ってくるまでネットカフェかカプセルホテルに行こうと思ってるけど、部屋を借りるにはまず仕事見つけなきゃならないだろ？」

敷金礼金を払う程度の貯金はあっても、仕事が決まらなければその先家賃を払っていくのは難しい。コンビニで求人情報誌でも拾ってくるかと考えていると、矢代が胡乱《うろん》な目つきで見てきた。

「それは——こういうマンションに住まわせてくれる相手を探すという意味なのか？」

「は？」

後輩が後輩なら矢代も矢代だ。悪びれずに聞いてきた矢代に本気でむっとする。こんな状況ではしようがないとはいえ、ようするに矢代は、尋が常に誰かにタカるような人間だと思っているということだ。

「そうだな。パトロン募集。ただしゲイに限るって張り紙でもするか」

棘《とげ》のある返答をすると、矢代はすぐに謝罪してきた。

「嫌みのつもりじゃなかった。車で寝泊まりするとか、カプセルホテルとか言うのが意外だったんだ」

本人の言うように嫌みではなかったのだろう。矢代は皮肉や当てこすりのできる性格ではない。だからこそ、金づるを探していると遠回しに言われたことに対して、多少なりとも傷ついたのだ。

「意外？　なわけないだろ。むしろ俺はそっちのイメージじゃないのか？　パパと出会ったのだってホームレスだった頃だし――そもそも進路希望票の第一希望から第三希望まで全部『旅人』って書くような奴だぞ」

思い出すと自分でもおかしくなった。当然担任に呼び出され、ふざけるなと説教されたが、最後まで訂正しなかった。ふらふらして根無し草みたいだと言われたこともある。

そのとき、矢代は笑っただけだった。呆れていたのか、それとも尋の進路には興味がなかったのか。

「そうだな。意外って言い方はおかしいか。けど、俺にはあの頃の藍川は不自由そうに見えた」

「――」

予想だにしていなかった矢代の言葉に、尋はきゅっと唇を引き結ぶ。矢代のこういうところが苦手なのだと改めて実感しながら。

苦手で——どうしようもなく惹《ひ》かれた。

「おまえってやっぱり変わってるよな。まあ、変わってなきゃ俺の面倒なんか見ようなんて思わないか」

あえて軽々しい言葉を選び、前髪を掻《か》き上《あ》げた。

「ああ、そうだ。ここで会ったのもなにかの縁だろ？　昔のよしみでさ、点検が終わるまで、二、三日おまえのところに置いてくれない？　事務所の隅っこでもいいからさ」

半分以上冗談だった。矢代が苦笑したらすぐに「冗談だ」と返すつもりで、言ってみただけだ。

「馬鹿《ばか》言うなっ」

が、外野に割り込んでこられると面白くない。唾《つば》を飛ばして噛みついてきたのは矢代の言いつけを守って無言を貫いていた野島で、これだけは我慢できないとばかりに、眦を吊《つ》り上《あ》げて詰め寄ってくる。

「点検はこっちも仕事だからするけど、チカ先輩があんたを泊めなきゃならない理由なんかないっしょ！」

番犬さながらにきゃんきゃんと吠《ほ》える野島がうるさくて人差し指を耳に突っ込んだ尋は、

矢代を窺った。

残りの半分は懐かしげな態度をとる矢代に対する嫌がらせだったのに――矢代は双眸《そうぼう》を左右に動かし迷うそぶりを見せる。

あげく。

「こいつのうちに置いてもらうといい」

野島の肩にぽんと手を置いた。突飛《とっぴ》とも言える提案に尋も驚いたが、野島はそれ以上だろう。

「は？　なに？　なんで？　俺？」

自分を指差して狼狽え、矢代と尋の間で何度も視線を往復させる。

矢代は平然と肯定した。

「ああ、おまえだ。俺は実家暮らしだし、母親がいたら藍川もなにかと気づまりだろう。その点、おまえは独り暮らしだからな」

「そりゃあ……でも、だからってなんで俺が……」

野島の言い分はもっともだ。尋にしても、断られるのを承知で持ちかけたのでこの展開は想像していなかった。

「二、三日くらいいいだろう」

再度矢代に肩を叩《たた》かれ、さらには笑顔まで向けられて野島は喉《のど》の奥で唸《うな》る。骨の髄《ずい》まで体育会系の性分が災いして、固辞《こじ》するという選択肢がないのだ。

最初こそ吃驚《びっくり》した尋だが、それでもいいかと考え直す。野島相手なら気遣い無用だし、よけいな出費をしなくてすむ。

「わあ、助かるなあ」

愛想のいい笑みを野島に投げかけた。野島は大きな舌打ちのみでは我慢できなかったらしく、八重歯を剝《む》いて威嚇してくる。

尋にとって野島は昔もいまも矢代に纏《まと》わりつくうるさい犬でしかないし、いくら睨まれようと文句を並べられようと痛くも痒《かゆ》くもないので足許のボストンバッグを拾い上げて肩に担いだ。

「そうと決まれば、移動しようぜ」

ふたりを促して玄関の外へ出る。もともと鍵《かぎ》は郵便ポストに入れておけという息子からの指示なので、ここにはもう用はなかった。

「なんで断らなかったんっすか」

往生際の悪い野島は、エレベーターで地下駐車場に降りる間もなんとか撤回されないかと矢代に不満をぶつけている。

「しつこいぞ、おまえ」

暢気《のんき》な返答をする矢代には、もとはと言えば自分のせいだとわかっていても野島に対する同情を禁じ得なかった。

矢代のせいで、野島は面倒を押しつけられるはめになった。昔から他人に頼りにされてしまう矢代は、学級委員、実行委員、野球部のキャプテンと、あらゆる役割をこなしていたのだ。

「相変わらず男前だな」

つい口をついて出た一言に、矢代の視線が自分へ向けられる。昔を思い出して感傷に浸っていたと悟られたくなくて、適当にごまかした。

「あー、だから、確かよく厄介事《やっかいごと》を引き受けてたよなって、たったいま思い出してさ。矢代に頼もうって言ってるの、俺も何度か聞いたことあるし」

一番の厄介事は、まぎれもなく尋自身だろう。生徒どころか教師も関わってこようとしなかったのに、矢代ひとりちがった。

「藍川も」

矢代が片頰笑む。

「おまえもあの頃とあまり変わってない」

断定的な口調に、胸にこみ上げてきたのは反感だった。あの頃もいまも、俺のことなんてなにも知っちゃいないだろ、と。

「そっか？　人生経験とあっちの経験積んでかなり変わったつもりだけど。あの頃の俺はまだ純真だったろ？」

尋の返答を、矢代は軽く流す。

「うわ。聞きたくねえ。つか、高校時代だって純真じゃなかったっつーの」

よく言えば裏表がない、悪く言えば馬鹿正直な野島が、不機嫌だった表情をさらに歪《ゆが》めて口を挟んできた。

嫌われていると承知していても、こうも横柄な態度を後輩にとられるとなにか反応しなければならない気になってくる。

「そう警戒するなよ。おまえは微塵《みじん》もタイプじゃないから、安心しろ」

作り笑顔で言った尋に、野島は怒りのためか顔を赤くする。ホモ相手でもタイプじゃないと拒否されると、男のプライドが傷つけられるらしい。

「ほんっと、そういう性格の悪さ、変わってねえ」

不快感もあらわに睨まれても撤回する気はないので正面から見返す。

「いいかげんにしないか」

呆れた様子で額を押さえた矢代は、エレベーターの扉が開くと、先に降りるよう視線で尋を促した。

こういうところも変わってないと、複雑な心境になる。格好つけるわけでもなくさりげなく相手を優先することのできる人間は案外少ない。本人は無自覚でも、当時坊主頭の矢代が女子に人気があったのは事実だった。

真っ先にエレベーターを降りた尋は、車に歩み寄った。青いチェロキーの隣に、Ｙクラフトの文字の入ったワゴン車が停まっていた。

「ついてきてくれ」

キーを放られ、右手でキャッチする。矢代がワゴン車の運転席におさまったのを見届けてから、尋はチェロキーのドアを開けた。発進したワゴン車の後ろについて駐車場を出る。そのままあとを追いかけ公道を走った。

ハンドルを握る尋の脳裏を、高校時代の記憶とたったいま交わした会話が重なるように駆け抜ける。

会いたかったか会いたくなかったかといえば、会いたくなかったというのが本音だった。振られた相手と再会したい人間なんて、よほどの物好きかマゾだ。しかも、ただのおっさんになったと幻滅できるならまだしも、当時のまま大人になっているなんて反則だろう。

「……やばいんだよ」

ぼそりとこぼし、顔をしかめる。もし矢代が独り暮らしで、尋の申し出をそのまま受けていたら自分はどうしただろうかと考えながら。
二、三日とはいえ、矢代と同じ部屋で暮らせただろうか。
想像しかけて、途中でやめた。仮定の話をいくら考えたところで意味がない。

Yクラフトになって尋の知っている矢代モータースとは別の場所に移動したらしい。以前はスーパーひとつなかった界隈《かいわい》を左右に眺める。高架道路が横切り、店や施設、マンションが建ち並んだ風景は昔とは様変わりしている。

田畑は消え、確か無人の野菜売り場があったはずだが——それもない。

「あ」

赤信号で停車したとき、コンビニの隣に鳥居を見つけた。高校生の頃、何度か学校をさぼって時間を潰した神社だ。神社は残っていたか。

郷愁に駆られ、運転席から覗《のぞ》き見る。後ろからクラクションを鳴らされて、信号が青に変わっていることに気づいて慌ててアクセルを踏んだ。

数十分で、Yクラフトに到着する。大通りから一本横道に入った周辺は昔とほとんど変わっておらず、まるでタイムスリップしたかのようだ。

広い敷地内を倉庫のような建屋を右手に、数台の車の間を縫って奥へと進んだ。白い外観の事務所の前にワゴン車が停まったので、尋も隣に車を滑り込ませた。

エンジンを切り、車を降りる。

「入ってくれ」

ガラス扉を開けた矢代に促されて、事務所内へ足を踏み入れた。

日当たりがよく清潔で整理整頓《せいりせいとん》が行き届いた明るい室内は、Yクラフトがうまくいっていることを窺わせた。応接スペースの傍《そば》に置かれた観葉植物も活き活きとしているし、棚にディスプレイされたタイヤホイール等のカー用品にも埃《ほこり》ひとつない。いい事務所だ。

「いらっしゃ――あ、おかえりなさい」

なかなか美人の女性事務員が、矢代を見て笑顔になる。二十代後半だろう彼女は矢代に気があるのかもしれない。親しげな雰囲気が全身から滲《にじ》み出《で》ている。

「お客さんですか」

「いや、客じゃない。友人だ」

「あ、そうなんですか」

矢代と女性事務員のやり取りを見る限り、矢代は彼女の気持ちに気づいていないようだ。他人の動向に聡《さと》い矢代だが、反して恋愛事には鈍かった。彼女に同情を覚えながら、尋は会《え》釈《しゃく》をした。

「こんにちは。藍川と言います」

ほほ笑みかけると、仲村《なかむら》と自己紹介した女性事務員が両手を自分の頬へやった。

「社長にこんな格好いいお友だちがいらしたんですね。なんだか、モデルさんみたいで緊張します」

素直な感想を口にした仲村に、矢代が苦笑する。

尋にしてみれば、聞き慣れた賛辞だった。容姿にはそれなりに自信がある。目鼻立ちがはっきりしているためハーフに間違われるのは日常茶飯事《さはんじ》だし、これまでの男たちが口を揃《そろ》えて絶賛するきめ細やかな肌は、そんじょそこらのモデルより綺麗《きれい》だと自負している。

「ありがとう」

謙遜《けんそん》せずに礼を口にすると、矢代は問題発言だとでも言いたげに腕組みをした。

「俺の友だちがみんな格好悪いみたいじゃないか」

いまの矢代の交友関係は知らないが、高校時代の友人ならお世辞《せじ》にも格好いいとは言えなかった。尋の目には、坊主頭で汗臭い野球部員は全員じゃがいもに見えていた。泥まみれのじゃがいもだ。

そんなじゃがいもだらけの中にあって、矢代ひとり、眩《まぶ》しいくらいだったのだ。

「みたい？」

いまはちがうのかと言外に問えば、矢代は両手を上げてみせる。

「いや、その通りだ。藍川に比べたら、俺を含めてみんな泥臭くて格好悪いな」

なあ、と矢代が野島に水を向ける。

野島は、さも不本意そうに同意した。

「そうっすね。藍川さん、見た目だけはいいっすからね」

これにも、ありがとうと礼を返す。人生のほとんどを見た目で渡ってきた尋にとっては、たとえ「だけ」と言われようとも褒め言葉にはちがいなかった。

事務所のドアが開く。

「チカ。ちょっと来てくれ」

顔を覗かせたのは、三十代半ばの男だった。ツナギに軍手を身に着けているところをみると、Yクラフトのスタッフのようだ。顔がところどころ油で汚れているが、なかなかの男ぶりで、胸板の厚さがツナギの上からでもわかった。

「柴田さんの、エンジンの件なんだが」

男に促され、矢代が事務所を出ていく。先刻目にした建屋に向かうつもりだろう。興味が湧《わ》いて、尋もふたりのあとについていった。

外にまで金属のぶつかる大きな音が聞こえてくる。さっき通ったときには気づかなかったが、一面のシャッターは全開になっていて、建屋内には修理中の車が四、五台並んでいた。

何か所かある窓も開けられているが、今日は無風のためか、中に入ると蒸し暑かった。充満する機械油の匂いは、どこか懐かしい感じがする。

「わ」

黒いベンツの横を通ったとき、危うく躓《つまず》きそうになる。

足だ。ベンツの下から、安全靴が覗いていた。

「太一《たいち》。問題ないか」

男が声をかけると、ごろごろと滑車《かっしゃ》の音を立てて青年が全身を見せる。まだ若い、高校生のような太一青年は寝板に横たわったまま頷いたかと思うと、槇《まき》さんと男の名前を一言口にしただけでふたたびベンツの下にもぐり込んだ。

槇と呼ばれた男が矢代を呼んだ用件は、ベンツの奥にある深緑のミニクーパーのようだった。見たところ年代物で、持ち主が大事にしているだろうことが窺えた。

矢代と槇はエンジンルームを覗き込み、意見を戦わせ始める。ようするに、持ち主は古いエンジンをそのまま使ってほしいと希望しているが、いま修理したところでまたすぐに故障するのは目に見えていると、そういう話らしい。

「エンジンは換えたくないって話だから、今回はこれでいきましょう。そろそろ寿命だからって俺から伝えておくんで、亮司《りょうじ》さん、お願いします」

「わかった。そういうことならせめてぴかぴかに磨いてやるか。実際、こいつはよくもったと思うぜ。とっくに動かなくなってもおかしくなかった」

「それだけ柴田さんが大事に乗ってたんでしょう」

「だな」

まるでペットでもあるかのような手つきで槇がエンジンを撫《な》でた。色黒で彫りの深い顔立ちの槇はまさに働く男というイメージで、純粋に格好よく見えた。

「狙うなよ」

槇と矢代、ふたりを眺めながら目の保養だと思ったのが伝わったのか、隣に立つ野島がぼそりと忠告してくる。

「なに言ってるんだ。働く姿は美しいもんだろ?」

だから見惚《みと》れるのは当然だと返したが、なおも疑心たっぷりの視線が投げかけられた。

「ハンターの目で見てたくせに」

「おまえなあ」

いちいち突っかかってくる野島に反論しようとしたものの、納得してやめる。ハンターの目とは言い得て妙だ。野島の言うとおり、昔から尋が惹かれるのは総じて体格のいい、フットワークの軽いタイプだった。歴代の男たちも大工、アマチュアボクサー、水泳のインストラクターとみな肉体派で、なおかつ頭の回転も速かった。

筋肉と知性の両方を兼ね備えた男こそが尋の理想なのだ。

当然槇も好みのタイプで、彼なら何度「チカ」と呼んでも気にならない。いい男ならなにをやっても許せるのだと再確認する。

「まあ、否定はしないけど」

揶揄《やゆ》を込めた横目を流すと、怒りのためか羞恥《しゅうち》のためか、湯気でも立ちそうな勢いで野島が顔を真っ赤にする。わかりやすい反応が面白くて尻《しり》を撫でてやると、子犬みたいな声を出して転がるように離れていった。

「てめえっ、なにしやがる!」

建屋に響き渡った怒声に、矢代と槙の意識がこちらに向く。涙目になっている野島と尋を見比べた矢代は、呆れた様子でかぶりを振った。

「藍川、あまりからかってくれるな」

からかうつもりはなくとも野島の反応を前にするとついなにかしなければいけない気分になってくるのだが、どうやらそれは尋ひとりではなかったようで、矢代の背後に隠れた野島の髪を槙が油のついた大きな手で掻き混ぜた。

「わ、槙さん、やめてください」

逃げる野島に、槙は口を開けて笑う。

「しょうがないよな。正巳《まさみ》ほどからかい甲斐《がい》のある奴もあんまりいないし――ところで、そっちのえらく別嬪《べっぴん》な兄さんは客か？　それとも、チカの知り合い？」

野島が正巳という名前だと初めて知ったが、そんなことはどうでもいい。タイプの男に別嬪と褒められるのは久しぶりで、気をよくした尋は槙にほほ笑みかける。

「両方ですよ。矢代とは高校時代の友人で、藍川と言います」

へえ、と槙が思案顔になる。

「チカの友人にしちゃ、めずらしいタイプだな。こいつの周りには暑苦しい奴ばっかり集まってくるから」

よく知っている。いつも汗臭い野郎ばかりに囲まれていた矢代自身は、どれほど汗だくになろうと泥にまみれようとまるで初夏の風のごとくさわやかで、そこが魅力的だった。

矢代はまさに筋肉と知性を兼ね備えた男で、尋の理想は矢代が元だと言っていい。矢代のせいで、これほどの美貌《びぼう》を持ちながら厭というほど振られてきたのだ。

なにしろ好みのタイプは、だんぜんノンケに多い。あらゆるテクニックを駆使《くし》してやっと落としても、ノンケの男は早晩女のもとへと返っていく。

もうノンケなんかに惚《ほ》れるかと決めて、何度同じ過《あやま》ちをくり返したか。

「槇さん、油断しちゃいけませんぜ」

ため息を嚙み殺したとき、野島が、ふんと鼻を鳴らした。

「気を許したら、そいつ、狙ってきますよ」

またその話かとうんざりした尋の前で、野島は槇に向かって、耳打ちというにはあまりに明瞭《めいりょう》な声音でその単語を口にした。

「そいつ、ホモっすからね」

間髪を容《い》れず、ごつっと鈍い音が響き渡る。

「い……っ」

声も出せないほどの衝撃だったのだろう、頭頂部を両手で押さえた野島は見る間に涙目になったかと思うと、その場にしゃがみ込んだ。

「野島、いいかげんにしろと言ったはずだ」

拳骨《げんこつ》を食らわせた矢代が野島を見下ろし、口でもぴしゃりと叱《しか》る。「ホモ」なんて、自分でもネタで使うこともあるのでたいした言葉ではないが、いまの矢代の言動には平静ではいられない。

「あ――ホモってことならべつに俺は隠してないし、平気」

表面上は平然と言い繕っても内心はちがう。

「藍川が隠してなくても、他人が不用意に口にしてもいいという理由にはならない」

真剣な口調でこんなふうに言ってもらえたら――尋には、ときめくなというほうが無理な話だった。

相変わらずたちが悪いと、口中で呟《つぶや》く。

「謝ろうか、正巳」

にこやかに槙に促され、渋々立ち上がった野島は唇を尖《とが》らせたままだったが、矢代と槙に挟まれて深々と腰を折った。

「すいませんでした！」

やけくそなのか、大声で謝罪されては無視するわけにもいかず、わかったと一言返す。

一方で、この感じは以前も経験したことがあると、昔を思い出していた。

高校時代。周囲から浮いていた尋に矢代ひとり普通に接してくれた。どんな優しい言葉より、普通の態度でいてくれることが、尋にはなによりの慰《なぐさ》めになった。矢代の存在が尋にどれほどの影響を与えたか、矢代本人ですらわかっていないだろう。

思春期の記憶がすべて矢代に繋《つな》がっているといっても過言ではなかった。

「さあ、もうひと働きするか」

ぱんと両手を合わせた槙がミニクーパーのボンネットを覗き込み、仕事に戻る。さっきまで子どもみたいだった野島の表情も変わる。

「事務所で書類にサインしてくれ。藍川の車の点検に取りかかれるのは明後日になるが、それでいいか？」

矢代の説明に了承し、尋は整備場を出ようと踵《きびす》を返す。数歩進んだところで、太一青年と話をしている矢代を振り返った。

「書類書いたら、またここに来ていい？」

尋の申し出は意外だったのか、矢代は怪訝《けげん》そうな顔をした。

「いいが――見ても面白くないと思うぞ」

許しを得たので、整備場をあとにして事務所に戻る。仲村が用意した書類の数か所を埋めながら、興味本位で話しかけた。

「矢代はどう？」

漠然とした質問に、仲村は小首を傾げる。

「社長として、男としてってこと」

尋の補足を聞いて思案顔で顎に指を当てた彼女は、すぐに表情をやわらげた。

「真面目で、社員のことを考えてくれるいい社長です。男性としても――私にはわかりませんけど、たぶん誠実なんじゃないでしょうか」

完璧とも言える評価に、意地悪な気持ちが湧き上がる。誠実とは矢代のためにある言葉だと尋も思っているが、手放しの褒め言葉を聞くと、逆らいたくなるのも事実だった。

「そうかな。ああ見えて、案外がつがつしてるかも」

がつがつしていたら、少しはましだったのか――いや、なにも変わらない。矢代にとって自分は、昔ちょっと親しくしていた単なる旧友だ。

住所欄に堂々と「不定」と記した書類を仲村に手渡して事務所を出た尋は、ふたたび整備場へ移動する。手近にあった廃タイヤに腰かけると、額に汗して真剣な目をして作業に没頭する四人の姿を眺めつつ、働く男というのはどうしてこうも格好よく見えるのかと考えていた。野島ですら、格好いいような気がしてくる。

整備場内に響き渡る機械音を耳にする傍《かたわ》ら、矢代が袖口《そでぐち》で額の汗を拭《ぬぐ》う姿に意識を奪われているうち、尋は自然に意識を過去へと飛ばしていた。

矢代とは二年で同じクラスになったというだけで、特に仲がいいわけではなかった。野球部に所属していた矢代と帰宅部の尋に接点はなく、実際、二年の途中まではほとんど話をした憶えはない。

もっとも尋は、なんとなく矢代を目で追いかけていた。最初は、みなに頼られてうっとうしくないのかと単純な疑問からだったが、そのうち、矢代自身に興味を持つようになっていった。

矢代が、世話好きなタイプではないと気づいたからだ。それを証明するように自身に関しては結構適当なところがあるし、自ら厄介事を買って出ることもまずなかった。たいがいは頼み込まれてしまうがなくの場合が多く、なまじっか器用になんでもこなすものだから頼ってくる人間があとを絶たないのだ。

つまりお人よしだ、と尋は思った。

眉間《みけん》に皺を寄せ、仏頂面で他人に手を貸す矢代を損《そん》な性分だと呆れながら、つい見てしまっていた。

なにしろ、常にひとりなので時間ならたっぷりある。

昔からできるだけ目立たないようにしていた尋だが、容姿ばかりはどうしようもない。子どもの頃から何度か女子に告白されてはやんわりと断ってきたものの、高校に入ってすぐ、しつこい女子に纏わりつかれるはめになった。彼女の言動が次第にストーカーじみていったせいで我慢できなくなり、自分はゲイだと告げた。もちろん彼女が他言するとわかっていたが、噂《うわさ》になったところでほんの一瞬だろうと高を括《くく》っていた。

けれど、考えが甘かったとすぐに悟った。もともと他者とのつき合いが苦手だった尋は、自分で思っていた以上に周囲から浮いてしまったのだ。

その日以降、男子からは敬遠され、女子には遠巻きにされ、誰ひとり近づいてくる者はいなくなった。陰で嗤《わら》われるだけではなく、連絡事項すら回ってこなくなり、教師から注意されることも度々あった。

あの頃は、それをどうにかしようとは考えなかった。思春期なりのプライドなのか、単に格好をつけていただけなのかもう忘れてしまったが、誰にもなにも言わず、教師の忠告も甘んじて受け止めた。

二年になっても当然変わらない状況だったため、いくらでも矢代を観察し続けられたというわけだ。

その日も窓際の一番後ろの席から、斜め前の矢代をぼんやり見ていた尋は、六時限目の終了チャイムを聞いて、すぐに帰り支度をすると椅子《いす》から立ち上がった。教室を出て、昇降口に向かっていたとき、知らない奴に声をかけられる。

「藍川だろ？　ちょっといい？」

いったい誰だろう。名札の色からすれば三年だが、尋の噂は上級生であっても聞いたことくらいあるはずだ。もちろん笑い話だと思っている者もいるだろう。

「なんですか」

目の前の男は、いかにも真面目で優等生っぽい風貌だ。噂話には疎《うと》いのかもしれない。

「友だちに呼んできてって頼まれたんだ。きみのこと見かけて、どうやらあいつ藍川のこと――」

わかるだろ？　と視線で問われる。

まだ告白してくるような相手がいたかと苦笑しつつ、断る。尋にその気はないし、その友だちにとっても関わらないほうがいい。

「頼むよ。聞くだけ聞いてやってくれないか」

だが、彼が意外にねばるので、まあいいかと考え直す。遠巻きにされるようになって呼び出されることは皆無だったし、今日はたまたまアルバイトまでまだ時間がある。ずっとひとりで退屈しているというのもあった。

彼とともに廊下を歩く。使われていない特別教室の付近までついてきたとき、わざわざこんなところでと思ったが、他人に知られたくないという心情はわかる。

「入って」

促されてやけに薄暗い教室内へ足を踏み入れた尋は、初めて疑心を抱いた。背後で鍵の閉まる音がして、厭な予感が的中したことを知る。

陰で売りをしているという根も葉もない噂があるのは尋も承知していたが、放っておいたのが悪かったようだ。

「おまえ、三千円でやらしてくれるんだってな」

優等生に見えていた彼は豹変《ひょうへん》し、友人らしき男とともに高圧的な態度で迫ってくる。冗談じゃないと即座に踵を返したものの、足をかけられて尋は膝《ひざ》をついた。

「やらねえよ。やるわけねえだろ！　なんで俺がてめえらの汚《きたね》えものしゃぶんなきゃならないんだ」

逃げようと必死で暴れたが、ふたりがかりで床に転がされた。ひとりに頭上で両手を拘束され、ひとりには馬乗りになられ、口を学生服の上着で塞《ふさ》がれる。

「うるせえ。おまえこそ汚えホモ野郎のくせに、黙って便所になってろ」

侮蔑《ぶべつ》のこもった言葉と目つきは思いのほか尋を打ちのめす。これまで避けられたり揶揄されたりしてきたが、これほどまでに蔑《さげす》まれていたのだといまさらながらに自覚する。みんなに無視されたあげく、知らない奴に襲われるなんて――あまりに情けなくて笑うしかない。

シャツの前をはだけられ、ズボンのベルトを外された尋は抵抗をやめる。もうどうでもいいと、四肢の力を抜いて天井へ目をやった。

直後、引き戸ががたんと大きな音を立てた。何度もがたがたと揺れる。誰かが教室の外にいるのだ。

「し、静かにしてろ」

男たちがあからさまに狼狽えたために、一瞬、両手の拘束が緩む。その隙《すき》に床を肘《ひじ》で叩くと、すぐさままた押さえられた。

音がやみ、教室の外は静まる。どうやら気づいてはくれなかったらしい。尋があきらめた、そのとき、轟音《ごうおん》とともに扉が中へと飛んできた。

驚きのあまり唖然《あぜん》としたのは尋だけではない。強姦魔《ごうかんま》ふたりもぽかりと口を開け、床に倒れた引き戸を見る。もちろん引き戸が勝手に外れて飛んだわけではなく、入り口には蹴《け》り倒《たお》しただろう男が立っていた。

矢代だ。まるでヒーローよろしく矢代が現れた。

「俺は邪魔してるか?」

矢代が尋を見て、静かに問うてきた。寝転がされた格好のまま小さくかぶりを振ると、こぶしを握り締めて男ふたりに向き直った。

「貴様ら、そこに直れ。その腐った性根叩きのめしてやる」

低く宣言した矢代の顔は険しい。強姦魔たちは青褪《あおざ》め、一言も発せず身を縮める。矢代の登場に驚いている尋にとっては襲われた事実などすでに些末《さまつ》なことだったので、叩きのめしてもらう必要はなく、男たちを教室から追いやった。

「よかったのか」

こぶしを振るう場所を失った矢代が、不満げに唇をへの字に歪めた。

「いいよ。大事《おおごと》にしたくないから——それより、どうしてここがわかったんだ?」

身を起こした尋は、襲われている場面を見られてしまったみっともなさもあり、礼も言わずに質問した。放課後、使用されていない特別教室に来る者はいないし、そもそも矢代は部活で汗を流している頃だ。

「部活に行こうとしたら、廊下で藍川が知らない奴と歩いているのを見た」

だから、あとをつけてきたとでもいうのか。いっそう驚き、睫毛《まつげ》を瞬《またた》かせると、矢代はいきなり坊主頭を掻いたかと思うと、意外なことを口にした。

「藍川に、よく見られているような気がしてるんだが」

「え」

自分ではさりげなく盗み見していたつもりだったので、本人にばれているなんて考えもしなかった。恥ずかしさから、かあと頭に血が上った尋は、ふいと顔を背けた。

「勘違いだろ」

そっけない口調で否定すると、矢代の返事はそうかの一言だった。きっと嘘だと気づいていたはずなのに、あえて追及してこない矢代に、無性に言い訳を並べたくなったが、堪《こら》えるしかない。よけいなことを言えば言うほど墓穴《ぼけつ》を掘るのは明白だ。

おかげで礼を言うのを忘れた。助けてくれて嬉しかったのに、言えずじまいになった。

その日を境に尋は矢代と話すようになり、矢代にしても放っておけなかったのだろう、一緒に行動することも徐々に多くなっていったのだが――これには続きがある。

尋自身、しばらく知らなかった事実だ。

どこの誰か知らない。どうやら現場に居合わせた者が他にいたようで、そいつは矢代と尋が特別教室から出てくる場面を目撃したらしい。おかげで矢代までゲイのレッテルを貼られ、中にはあからさまな言葉でからかう奴もいたと聞く。

人気があったからこそ、面白く思っていない人間がいても不思議ではない。本来なら、尋が真っ先に異変に気づくべきだったのに、当の矢代が平然としていたためにずっと知らずに過ごしてしまった。

いや、無意識のうちに気づかないふりをしていたのだろう。矢代と一緒にいることが心地よくて、どこかくすぐったくて、周りなんてどうでもよかった。むしろ、矢代を頼る人間がいなくなるならそのほうがいいとすら考えていた。

実際は、噂なんて二、三か月で消えた。矢代本人が相手にしなかったので吹聴《ふいちょう》していた奴らもつまらなくなったようだ。

「矢代って、達観してるところあるよな」

変な噂を立てられても自分の相手をしてくれるなんて物好きだという意味もあり、尋は矢代にそう言った。

矢代の返答は思いがけないものだった。

「達観してるんじゃない。我慢してるだけだ」

どうやら本心のようで、眉間には深い縦皺が刻まれていた。

「文句を言えるもんなら言ってる。過剰に反応する奴らにも、馬鹿にした態度をとる奴らにも。けど、俺が言ったところでどうにもならないから、黙っているってだけだ」

なるほどと、矢代の態度を見て納得する。だから矢代はいつも怒って見えるのか、と。

「損な性分だ」

思わず同情すると、藪蛇《やぶへび》になってしまった。

「俺の我慢の半分は藍川のせいだがな」

ぶすりとした顔で矢代がこぼしたのだ。

「言う必要のないことを言い放っておきながら知らん顔を決め込んで、あとのことを一切考えていないだろう」

なにを指してのことなのか、尋にはすぐにわかった。矢代は、根本になっている過去の出来事——女子にゲイだと言って振ったことに対して話しているようだ。あれは捨て台詞だったと、尋も自覚している。

「損な性分だと俺に同情する暇《ひま》があったら、もっと自分のことを考えろ」

矢代の忠告にはこれっぽっちの反論もできなかった。一緒にゲイという汚名を被ってくれたうえ、尋の身を案じてくれる相手になにが言えるだろうか。

これまで矢代を観察しているつもりでいたが、その瞬間、尋ははっきりと自身の中の情動を意識した。

幼い頃から自分がゲイだとわかっていたし、他者に対して仄《ほの》かな好意を抱いた経験はあったものの、真剣に誰かを好きになったことはなかった。だが、矢代への気持ちは他とはちがう。もっと強くて、鋭くて、胸の奥がぎゅうと締めつけられるようなものだ。目が離せないのに、正面から視線を合わせるのは躊躇《ためら》われる、そんな不安定な感情がなんであるか――簡単に表せる言葉を尋はたったひとつ知っていた。

初恋は特別だという。

いま、十年ぶりに矢代を前にして、当時の想いを明確に思い出すのはそのためだろう。甘くて、切なくて、痛くて、愛《いと》おしい。なんとも言えず狂おしい初恋だった。

「おまえ――」

視界をグレーでさえぎられて、過去に意識を飛ばしていた尋ははたと我に返った。いつの間にか目の前に矢代が立っていた。

「……なんだよ、急に」

見上げた尋の目に、矢代の姿が映る。

髪が伸び、大人の男になった矢代が昔と同じ笑い方をする。

「そうやってじっと見る癖、治ってないんだな。見られているほうは気になってしょうがない」

言葉どおり困った表情で首の後ろを掻く矢代に、一度大きく深呼吸してから尋は廃タイヤから立ち上がった。

「働く男っていうのは色っぽいなって見惚れてたんだよ。あんまりいい男でどきどきしちゃう、ってさ」

過去の感傷に浸っていたなんて言えるはずもなく、軽口で躱《かわ》す。矢代の向こうで野島が厭な顔をしたが、いちいち構っていられない。

「暇だから、散策がてらそのへん歩いてくるわ」

回れ右をしてから右手を上げる。矢代の視線を背中じゅうで感じて、気になるのはお互い様だと思いつつ、振り向かずに車の間を縫って整備場を出て、Yクラフトをあとにした。

まさに引っ越し日和《びより》と言える秋晴れの空には雲ひとつなく、どこまでも青一色が広がっている。さすが田舎《いなか》というべきか、どこからともなく猛禽類《もうきんるい》の鳴き声が聞こえてきて、空を仰いだままぶらりと歩き出した。

あちこちで都市開発が行われている中、川を挟んで北に当たるこの界隈は微《かす》かに憶えている町並みとほとんど変わりがない。川向こうにはマンションやビルが見えるのに、昔からの下町の風情を残している。

土手をまっすぐ歩いていくと、河川敷《かせんじき》で子どもが数人野球をしていた。昭和の終盤に生まれた尋のような世代にはまさに原風景だ。

日光を浴び、外をゆっくり歩くのは久しぶりで、景色を眺めつつの散歩は尋の思考をふたたび過去へと引き戻した。

異色の取り合わせだと不思議がられつつも尋が矢代と一緒にいたのは、高校三年の六月までだった。傍にいることに耐えられなくなった尋は、込み上げる衝動に任せて、矢代に手を伸ばしたのだ。

二十時を過ぎた、野球部の部室でのことだ。

部室に灯《あか》りがついているのを見つけて学校の敷地内に入っていったとき、キャプテンである矢代がいつも最後まで残って施錠《せじょう》していくのを知っていたので、もしかしたらという期待があった。

尋の予想は的中して、矢代がひとり帰り支度をしているところだった。よう、と手を上げて開け放たれたままだった部室のドアから入っていくと、言い訳にしようと買った缶コーヒーを矢代に差し出した。

──こんな遅くにどうした？

まだ着替えの最中で上半身裸だった矢代は、礼を言って缶コーヒーを受け取った。

──あー、うん。暇だったから。

男の裸など、着替えや夏場のプールで見慣れている。しかし、矢代の裸となれば他の奴とはちがう。いつもそうしていたように視界に入れないようにして他愛のない話をしてから帰るつもりだったが、

──なにかあったのか？

深刻そうな様子で矢代が問うてきた。

聡い男は、ときとして苛立《いらだ》ちの原因になる。こっちが必死で目をそらしているというのに、否応《いやおう》なく現実を突きつけてくるのだ。

無防備な姿で覗き込んできた矢代に、尋は冷笑を浮かべた。

矢代のせいだ。尋がゲイだと知っているくせして、自分は端《はな》から対象外とでも思っているのか、上半身裸で近寄ってくる矢代が悪いのだ。

腹の中で冷たく告げ、矢代の腕を摑んだ。

──なんでもない。ただ、俺の前で裸のままいるのは、どうしてなのかなって思ってさ。

矢代は真面目だから適当に遊ぶとかしてないんだろ？　そっちの処理とかどうしてるんだ。

もし厭じゃなかったら、いろいろ面倒かけたし、俺が抜いてやろうか。手でもいいし、口で

やったっていい。

息苦しさから早口になった。捲《まく》し立《た》てる勢いで誘う間、心臓は早鐘のように打ち、唇が何度か引き攣った。

——遠慮しなくていいから。

すぐさま跪《ひざまず》いたのは、自分の顔を見られたくなかったからだ。あの頃は尋自身経験豊富とは言えず、目を合わせられなかった。どうか断らないでくれ、と祈るような気持ちだったが、やはりそう世の中うまくはいかない。

いくら矢代でもできないことはあったらしい。

——よせ。

矢代は身を退《ひ》き、尋に背中を向けた。

——そういうんじゃない。勘違いしないでくれ。

硬い声音《こわね》で拒絶され、一瞬、頭の中がぼうっとしてなにも考えられなかった。どうしてこうなったのか、自分でもわけがわからなくなり尋は声ひとつ出せなかった。

唇を噛み、その場から逃げ出すのが精一杯で、あとのことはあまり記憶に残っていない。自分がどうやってうちに帰ったのかさえ、はっきり思い出せなかった。

あのときのやり取りを脳裏で再現して、尋は後悔の念で髪を掻きむしりたい衝動に駆られる。この十年いろいろな経験をしてきて、ゲイである自分も受け入れてそれなりに愉しくやってきたはずなのに、たったひとつの再会がこれほどまでに心を乱す。

自分がすべてを台無しにしたという思いがまだ強く残っていたようだ。

はたと思い当たった尋は、足を止めた。

「……なんのＳＭプレイだよ」

たとえ二、三日であっても初恋の相手に、失恋した男に厄介になるなんて、自分の傷口に塩を塗り込む行為に他ならない。

眩しいほどの太陽を見上げて、俺はなにをやっているんだと呆れ、眩暈《めまい》がした。

意外にしつこい性分だったらしいと、二十八歳にして己を知るはめになったのだ。

2

せっかくの機会だからしばらくニート生活を満喫するつもりだった尋は、二日目にして早くも暇を持て余していた。なにもすることがないというのは、存外落ち着かないものだと、Yクラフトの事務所でぼんやりしつつ自身の貧乏性を実感する。

じつの親を知らず親戚《しんせき》のうちで育ったせいか、それとも高校卒業からずっとひとりで生きてきたせいか、なんの役割もない自分という状況に慣れない。

中学、高校のアルバイトを含めれば、今日までの十五年間、なんらかの仕事に就いて忙しく働いてきたのだ。

十八で家を出てからは、工事現場の交通整理、ビルの清掃、ティッシュ配り、皿洗い、コンビニと、いろいろなアルバイトをへた後、バーの給仕係という仕事を見つけた。一年後にはその店でシェーカーを振っていた。

美形バーテンダーとしてそれなりに人気があったし、尋自身、仕事が面白くなってきた頃だったというのに、客のひとりに付き纏われ、店に迷惑をかける前にと辞めざるを得なくなった。

ホームレスをしていた頃にパパと出会った、と矢代に話したのは事実だ。宿無しから豪奢なマンション住まいへの華麗な転身なんて、ドラマか映画の中にしかないものだと思っていたことが自分の身に起きた。その後、わずか三か月でまたホームレスに逆戻りなんて、どんな三流ドラマでもないだろうが。

十数分前に勧められた応接スペースのソファから立ち上がった尋はじっとしていることに耐えきれなくなり、雑誌をテーブルに置くと書類整理をしている女性事務員、仲村に声をかけた。

「なにか手伝おうか？」

掃除くらいやらせてほしいと持ちかける。しかし、とんでもないと仲村は顔の前で両手を振った。

「そんなこと藍川さんにさせちゃったら、社長に叱られます」

矢代は、尋のことをなんと従業員に話しているのだろうと気になってくる。単なる昔のクラスメートか、それとも他にちがう説明をしているのか。

「あー……」

聞きたいような聞きたくないような気がして戸惑いつつ口を開いたが、言葉を発する前に事務所のドアが開いた。

「いらっしゃいませ」

仲村がすぐに応接スペースに招き、応対する。三十代らしき女性客は車検の依頼で訪れたようだ。

ふたりの様子を尻目に、奥のミニキッチンに向かった尋はコーヒーを淹《い》れ、トレイにのせて戻った。

「いらっしゃいませ」

笑顔とともに、テーブルにコーヒーを置く。

「ありが――」

礼を口にしかけた女性客が、尋を見て目を見開いた。

こういう反応は初めてではない。たいがいの場合は、見た目のイメージにそぐわないという理由で驚くのだ。

ビルの清掃でも皿洗いでも日雇いの仕事でも、何度も驚きの表情で見られた経験がある。

これほど綺麗な容姿なら他にいくらでも仕事はあるだろうと言われたが、簡単にあれば苦労はない。

「あ……すみません」

女性客が恥じらいながら謝罪してきた。

「いいえ」

笑顔を返して応接スペースから離れると、カー用品の棚の整理を始める。仲村と話し合って車検の日取りを決めた女性客は、

「そういえば、カーワックスが切れてたんだわ」

ソファから立ち上がり、尋の隣に並んだ。

「どれか、お勧めのものありますか」

申し訳ありませんと前置きをしてから、尋はにこやかに先を続けた。

「じつは私は昨日ここに来たばかりなので詳しくないんです。私の好みでよろしければ、こちらなんて伸びがよくて扱いやすいと思いますよ」

「これですか？　じゃあ、これにしようかな」

「ありがとうございます。車の手入れまで自分でちゃんとされる女性っていいですね」

意識せずとも、口が滑らかに動く。尋にとっては客との会話も処世術のひとつとして身についたものだ。

「えー、普通だと思いますけど。あ、じゃあ、カーシャンプーは？　いいのあります？」

「カーシャンプーですか？　でしたらこちらなんかどうでしょう」

いろいろと聞かれるままに答えた結果、女性はタイヤ交換まで依頼してくれ、機嫌よく帰っていった。

「すみません。出過ぎた真似《まね》をしてしまいました」

客が帰ってから謝罪すると、それまで黙って見ていた仲村がやや興奮ぎみに首を左右に振った。

「藍川さん、見た目もすごいですけど、トークも巧《たく》みなんですね。もしかして、ホストとかやってます？　彼女、すっかりその気になってて——うちの男性陣に爪《つめ》の垢《あか》でも煎《せん》じて飲ませたいくらいです」

褒めてくれているのだろうが、尋にしてみれば、スタッフでもないのに調子に乗り過ぎたと自省するには十分な言葉だった。自分では営業トークのつもりだったが、地道に働いている人間とはちがうと言われたような気がした。

「あ、社長」

事務所のドアが開いて矢代が姿を見せたので、なおも仲村は褒め言葉——尋にとっては耳が痛い言葉を並べていった。

「もうちょっと早く顔を出すべきでしたよ。そしたら、藍川さんのトークにのせられるお客さんが見られたのに」

矢代の目が尋へ向けられる。

「やー、俺もまだ女相手に通用するんだってわかって嬉しいよ」

尋はわざと茶化した言い方をした。

「女相手にってなんですか、それ」

ネタだと思ったのだろう、仲村が吹き出す。尋にしてもわざわざゲイだと仲村に申告する気はないので、調子を合わせて笑った。

矢代はなにを考えているのか、黙ったままだ。笑いながら、なにか言えよと思っていると、ふっと視線を外された。

「よけいなことをしなくていい」

よけいというのは、尋が接客したことに関して言っているようだ。成行きで応対したものの、注意されれば面白くない。

「悪かったよ」

口では謝罪しつつも、腹の中では反論を並べていく。俺にとっちゃ他人に愛想を振りまくのは生きていく手段みたいなもんなんだよ。商売ならなおさら、できるだけ相手にいい気分になってもらいたいと思っちまうんだ、と。

どうやら当てつけがましく聞こえたのか、矢代の目がこちらに戻ってくる。

「俺が言っているのは——」

これ以上の説教は不要だと、背中を向けることで示した。

「わかってるって。でしゃばりません。点検が終わるまで追い出されたくないし、おとなしくしてるよ」

ソファに戻って雑誌を手にした尋に、なおも矢代はなにか言いたげに口を開く。が、事務所に響き渡った着信音がそれを阻《はば》んだ。

着信音は尋のジーンズのポケットからだ。かけてきた相手を確認してみると——そこに表示された『金沢《かなざわ》さん』の文字に尋は驚いた。

金沢は、昨日追い出された部屋の持ち主で、尋の生活の面倒を見てくれていた「お金持ちのパパ」だ。マンションの部屋に押しかけてきた息子から亡くなったと聞いた尋は、通夜《つや》にも葬儀にも参列できなかったためにいまだ半信半疑だったので――どうやら息子に騙されていたらしいとわかり、腹が立つより安堵《あんど》する。たとえ尋を追い出したい一心からであっても父親が亡くなったなんて嘘をつくなどろくな息子ではないが、金沢が元気なら水に流してもいい。

事務所を出てから、通話ボタンを押した。

「もう、危うく信じるところだったよ。金沢さん、いま、どこにいるの？」

開口一番、金沢の現状を問うた尋の耳に、金沢のものではない声が聞こえてきた。

『父は亡くなったと言ったはずだ』

「え」

金沢本人ではなく長男が父親の携帯から連絡してきたと知り、期待しただけに失望が大きい。嫌悪感《けんおかん》もあらわに出ていけと命じてきた長男の顔はさっぱり憶えていなくとも、互いにいい印象がないのは当然と言えば当然だった。

男の愛人なんてと尋を嫌悪するのは理解できるが、亡くなった自分の父親のことまで悪《あ》しざまに罵《ののし》った息子だ。一週間前に葬儀をすませたと告げてきた際も、じつの息子とは思えないほど悲しみが感じられなかった。

金沢は、優しい顔で子どもたちの話を聞かせてくれたのに。

金沢が自慢するたび思い浮かべていた子どもたちのイメージは、長男に会った瞬間に崩れ去った。

「まだなにか用ですか」

自然、突き放すような言い方になる。それは先方も同様で、いま電話をしている事実も渋々であることを隠そうとはしない。

『父に関する件できみに話がある。今日の夕刻、うちに来てくれ』

どうせ暇な身だ。断る理由はない。しかし、相手の都合も無視して呼びつけるやり方にうんざりして、いったいどこが自慢なんだよと金沢に文句のひとつもこぼしたくなる。

「それは、辞退できるんですかね」

無駄と承知で、一度は反抗を試みる。男妾なら素直に従うべきだと高圧的な態度が腹立たしかったからだが、相手は尋が想像していたよりさらに上手だった。

『辞退？　こっちの台詞だ。親父《おやじ》の愛人なんかと関わり合いたい人間がいるものか。だが、不測の事態が起こった。どうしても来てもらわなくては困る』

金沢の長男は、確か五十歳前後だった。いい歳《とし》をした大人の男の発言としては、あまりに幼稚だろう。

それとも、男の愛人に礼儀など不要という認識なのかもしれない。どちらにしても、もう一度会うはめになるなんて、その場面を想像しただけで背筋が寒くなる。

会いたくないが、どうしても会わなければならないのなら厭なことはさっさとすませるのが得策だ。

「わかりました。今夜伺います」

暗鬱とした気持ちで承知し、住所を聞くと早々に電話を終える。落ち込みそうになる心境に反して抜けるような青空を仰視《ぎょうし》し、尋はジャケットの内ポケットへ手をやった。

整備場から漏《も》れ聞こえてくる機械音をバックミュージックにセブンスターを取り出したとき、背後で事務所のドアが開いた。振り向いた尋の目に、渋面の矢代が映る。

不機嫌のように見えるが、そもそも記憶にある矢代もたいがい渋い顔をしていた。眉間の縦皺は矢代のトレードマークみたいなものだ。

「どうかしたのか？」

いまも渋い表情で問われ、尋は苦笑する。

尋の顔色ひとつでなにか察したのだとすれば、すごいと感心するしかない。それだけ他人を見ているということなのだろうが、尋にとってはあまり歓迎できることではなかった。

「べつに。煙草を吸いたかっただけだ。野島ときたら、室内は駄目だっていうからベランダに出たんだけど、そこも禁煙だとほざきやがるしさ」

客もいないし、外ならいいだろうと銜《くわ》えたセブンスターに火をつける。実際、昨夜泊めてもらったはいいが、野島からの注文はほとんど言いがかりじみていた。喫煙に関してはもとより、風呂やトイレの使い方、水を飲んだあとのグラスの置き場所――だけならまだしも、ここから奥には入ってくるなと雑誌で線引きをされたのだ。

「こっちに灰皿がある」

矢代が視線で促したので銜え煙草であとをついていくと、整備場の隅っこに喫煙スペースが設けられていた。灰皿の傍にパイプ椅子をふたつ無造作に置いただけの場所だが、とりあえず遠慮して吸わなくてすむのは有難い。

「俺と野島は煙草を吸わないが、槇さんと太一が喫煙者だ」

矢代がそう言ったちょうどそのとき、太一がやってきた。ずっと車の下にもぐっていた太一はやはり若く、二十歳そこそこだろうにハイライトを銜える姿はさまになっている。

「渋い煙草吸ってるな」

間近で太一と向き合ってみると、若さ以外の特徴に気づく。眉が途中から剃《そ》られていていてなかったり、目の下に傷痕《きずあと》があったり、はだけた胸元からタトゥらしきものがちらりと覗いていたり。少し前までのやんちゃぶりを窺わせる風貌だ。

「わりぃかよ」

まるで肉食動物だ。いまにも歯を剝かんばかりに威嚇されて、場所を移動したくなったもの灰皿はここにしかないので、あきらめて愛想笑いで受け流すことにした。パイプ椅子にふんぞり返って貧乏揺すりをしながら煙草を吸う太一の傍ではとてもゆっくり一服するなんて気分にはなれず、一本だけ吸い終えたら早々に腰を上げようと思っていると、槇がやってきた。

尋に対する、どこか好戦的にも思える態度は一変、太一はすかさずパイプ椅子から腰を上げて槇に席を譲る。

「太一、おまえが睨んでるのが向こうから見えたぞ」

肩口をこぶしで小突かれた太一は、先輩である槇には頭が上がらないらしく背筋を伸ばす。飼い主に叱られた犬みたいだなと思いつつ、尋は槇に目礼した。

「気を悪くしないでやってくれ。こいつは誰にでもこんな感じだが、人見知りが激しいだけで悪い奴じゃないんだ」

ツナギのジッパーを腹のあたりまで下げながら槇が苦笑する。思わずTシャツの胸や腹を観察した尋は

「昨夜は野島のところに泊まったんだって？」

この問いに、視線を槇の顔に戻した。

「ええ。野島、なにか愚痴《ぐち》ってましたか？」

野島のことだ。不平不満を並べ立てたにちがいない。往生際の悪い野島は、ずっと「なん

で俺が」と言い続けていたのだ。

「まあ、あいつはもともとうるせえから。去年太一が入ってきたときも、なんやかんやと絡んでたし。ようするに、自分の縄張りを奪われまいと必死なんだな」

野島の言動が容易に想像でき、太一の疲労が偲《しの》ばれる。同時に、よく厭になって辞めなかったと感心した。

「槇さんは、長いんですか？」

矢代と槇が親しいだろうことは傍《はた》からも窺える。ふたりの間には、会社のスタッフという以上の信頼が垣間《かいま》見えた。

「チカと俺は従兄弟《いとこ》だ。チカの親父と俺の母親が姉弟で、俺はここがまだ矢代モータースの頃から世話になってる」

「そうなんですか」

長身という以外、外見上の共通点はあまり見られなくても従兄弟と知れば納得できる。ふたりは雰囲気がどことなく似ていて、尋の好みのタイプという点も同じだ。

自分はよほど矢代家のＤＮＡに弱いらしい。

「で？　チカとはどういう関係だ？」

槇の本題はこっちだったのだろう。旧友がホモとわかれば、従兄《いとこ》として矢代を気にするのは至極《しごく》まっとうな感覚だ。

「大丈夫ですよ。昨日偶然会っただけです。矢代は俺のことなんて面倒な同級生だって呆れてたでしょうから。再会した途端にまた面倒かけたし」

十年ぶりに会った男に二、三日泊めてくれと頼まれても断ればよかったのに——矢代はとことん損な性分だ。

「チカを心配したわけじゃない。ただ、懐かしいって雰囲気じゃねえなと思ったから聞いてみたんだが、俺の早とちりだったらしい」

煙を吐き出した槇はあっさり退くと、首をひょいとすくめる。

矢代家の男は勘がいいうえ、大人の対応もできるらしい。これが野島だったら、自分の疑心が晴れるまでしつこく追及してくるにちがいなかった。

「亮司さん。藍川」

矢代が近づいてきた。

「仕事が終わったら、みんなで飲みでも行かないか」

尋への気遣いだろう。矢代は、たとえ短い間であっても周囲の人間がうまくやっていけるように考える人間だ。

「あ、ごめん。俺、これから用事があるんだ」

尋がなにより苦手なのは、まさにその気遣いだった。

「先方からの呼び出し。たぶんマンションの部屋に忘れ物したとか、そんなことだろ」

矢代がなにか言ってくる前に、吸いさしを灰皿に放り込んでパイプ椅子から立ち上がる。矢代と槇、太一に軽く右手を上げて整備場から外へ出た。

車の点検が終わっていないため、徒歩で駅に向かう。訪問時刻にはまだ早いが、どこかで時間を潰してから行けばちょうどいい。

電車を乗り継ぎ、一時間近くかけて指定された住所の近くまでやってくると、本屋に立ち寄り三十分ほど費やした。その後、ファストフード店で夕食をすませてから金沢家を探した。わからなかったときは誰かに聞けばいいと適当に考えていた尋だが、迷うことなく見つけることができた。

「うわ、敷居高っ」

立場上ただでさえ訪ねにくいというのに、尋が想像していたよりずっと立派な屋敷を前にして二の足を踏む。金を持っている男は好きだが、家柄とか家風とか持ち出してあだこうだと言われるのは御免こうむりたい。

一度会ったとき、先刻の電話。どちらのときも、金沢の息子は尋がもっとも鬼門とするタイプに思えたのだ。

このまま回れ右したい心境になりつつ何度か深呼吸をして、その間に腹を括る。今日ですべてを終わらせて、二度と関わらなければいいだけだ。

まるで昔の武家屋敷のような重厚な佇《たたず》まいを眼前にして、唇を引き結ぶ。ぐるりと左右を

囲んでいる石垣の中央に構えられた四脚門を睨みつけ、インターホンを押した。

使用人らしき女性に来訪を告げてまもなくすると、門が開く。五十代の女性が慇懃《いんぎん》に出迎えてくれ、彼女に導かれるまま中へと入った。

「おお」

中央の石灯籠《いしどうろう》を添景に、緑の眩しい前庭を眺めながら蛇行《だこう》する石畳《いしだたみ》を歩く。前方に見える日本家屋は、お屋敷という言葉が相応《ふさわ》しい立派なものだった。

竹垣を右手にして、御影石《みかげいし》の階段を数歩上がり、女性が玄関の格子戸《こうしど》を開ける。どうぞと促され、尋は野島の六畳間よりも広い玄関の隅で靴を脱いだ。ここまで来ればかえって落着き、矢でも鉄砲でも飛んでこいという心持ちになっていた。

長い廊下を進んでいき、一室の前で女性が膝をついた。

「藍川様がおいでになりました」

襖《ふすま》の前で女性が声をかけると、中から長男らしき声が聞こえてくる。静かに開かれた襖の向こうには、長男のみならず、ふたりの男と婦人が雁首《がんくび》を揃えて尋の到着を待っていた。

「お邪魔します」

高らかに言い、背筋を伸ばして敵地に乗り込む。背後で襖が閉まった途端に、四人の敵は無遠慮な視線で尋を値踏みし始めた。これが男妾かという好奇の色も感じられる。仏壇に手を合わせたいと申し出ても断られるのは明らかだった。

ややあって「兄さん」と弟妹《きょうだい》に促された長男が、ごほんとひとつ咳《せき》をした。

「座りたまえ」

憮然《ぶぜん》とした表情のまま尋に下手を示した長男に従う。争う気はさらさらなかった。

「失礼します」

歓迎されるとは思っていなかったが、針のむしろというのはこういう状況を言うのだろう。テーブルについて同じ目線になると、四人の態度はいっそうあからさまになる。中でも、金沢の娘らしい婦人の視線は冷たかった。

「それで、今日はどのようなご用件でしょうか」

言いたいことがあるならさっさと言ってくれと言外に含ませると、長男の隣に座っている当の婦人が口を開いた。

「わざわざ来ていただいて悪かったわね。こちらもできるだけ簡潔にすませたいから、あなたも協力してくださると嬉しいわ」

男三人の顔には男妾に対する気まずさが多少窺えるものの、彼女はちがう。尋を見る双眸には見下し以外、なんの感情も感じられない。

「木本《きもと》」

娘が、眼鏡《めがね》でオールバックの男を一瞥《いちべつ》した。木本と呼ばれた男は待ってましたとばかりに頷《うなず》き、おもむろに鞄《かばん》から書類を取り出してテーブルに置いた。

なんだ？　と訝《いぶか》しんだ尋が書類に目をやると、そこには黙読する気にもならないほど文字がびっしりと並んでいた。

「弁護士の木本です。こちらが相続放棄申述書になります」

尋が読むまでもなく木本がなんの書類であるか教えてくれたのだが、もちろん寝耳に水だった。

「——相続、なんだって？」

意味がわからず問い返す。

木本は眼鏡の蔓《つる》を押し上げてから、同じ台詞を口にした。

「相続放棄申述書です」

「…………」

くり返されたところで、理解できないものはできない。尋に相続する財産などないし、ないものを放棄しろとはどういう意味なのか。

黙り込んだ尋に、八つの目が襲いかかる。

「とにかくサインしていただきたいの。戸籍謄本《こせきとうほん》も必要だから、後日こちらの木本に渡しておいてくれるかしら」

娘が再度口を開いた。わからないものにサインしろなんてどこの悪徳業者だと、焦《じ》れた様子の彼女を見返し、いま一度書類に目を落とした。

相続放棄申述書――申述人の欄に尋の名前を書けと言っているのだ。

突きつけられた書類と弁護士。金沢の娘の言葉。それらを合わせて考えてみれば、自分の置かれた立場くらい察しがつく。

遺産相続問題に巻き込まれたらしい。金沢は、幾ばくかの金銭を尋に遺《のこ》そうとしたようだ。

俺なんかになにやってるんだよ、と金沢を思い出して切なくなる。朗らかで優しくて、笑顔が可愛《かわい》くて、寂しがりやのどこにでもいる爺さんだった。

一週間前に葬儀をすませたと聞いてもぴんとこなかったが、本当に死んでしまったんだとこうなって実感する。

風邪《かぜ》ぎみだからしばらく行けないと電話がかかったのは十日ほど前だった。尋の立場で見舞いに行けるはずもなく、すぐにまたひょっこりやってくるだろうと軽く考えていたので、まさか二度と会えなくなるとは思いもしなかった。こうなるとわかっていたなら、無理やりにでも見舞いに行っておけばよかった。

「遺言書、見せてもらってもいいですか」

尋の申し出に、みながぎょっとした表情になる。互いに顔を見回すと、真っ先に反感を表したのはやはり娘だった。

「なぜ親族でもないあなたに見せなくちゃならないの？　まったく、お父さんもなにを考えていたのかしら。こんなどこの馬の骨だかわからない子に騙されて」

どこの馬の骨については、事実なので甘んじて受け止める。しかし、騙されてと言われたことには、黙っているわけにはいかなかった。

「俺も当事者だから、あなた方は呼びつけたんでしょう。見せてくださらないというなら、ここで帰らせてもらいます」

話にならないと、立ち上がる。

「待って」

さすが兄弟だけあってぴたりと合った声に止められて、尋はひとりひとりを熟視していった。

神経質そうな長男。外見同様、もっとも気が強いだろう娘。最初からずっと無言の次男は、口許のあたりが金沢に似ている。が、中身はどうやらちがうらしい。ぶすっとしているだけで、優しさの欠片《かけら》も感じられない。

「木本」

不承不承《ふしょうぶしょう》の態ながら娘が目線で指示したので、木本が鞄から遺言書を取り出して尋の前に置いた。

封筒を手にして、中身を取り出す。折りたたまれた和紙には、見憶えのある金沢の流麗な文字が並んでいる。

黙読した尋の感想はやはり「なにやってるんだ」というものだった。

四か月足らずのつき合いだった。野宿していたときに偶然知り合い、公園で何度か話をして——一か月もたたずに金沢は豪奢なマンションを尋に与えた。

——きみにおかえりって迎えてほしいじゃない。

紳士で、お茶目で、ふふと笑った顔はまるで子どもみたいな金沢の申し出を尋は拒絶できなかった。常に朗らかな金沢がどこか寂しそうに見え、話し相手を求めているのがわかったからだ。

昼間はふたりで過ごし、金沢が自宅に帰っていったあとアルバイトをするという生活だったが、これほど早く別れが来るとは予想だにしなかった。

金沢の笑顔を思い出せば、遺産の話ばかりする息子や娘に対して苛立ちが込み上げる。あんたらのことを自慢の子どもたちだって言ってたんだよと、胸倉を摑んで叫んでやりたいくらいだ。

いや、子どもたちはいま十分報いを受けているにちがいない。なにしろ金沢の遺言書には、目玉が飛び出るほどの金額を尋に分与すると書かれているのだから。

「あなたのこと、最初はてっきり外に産ませた子かと思ったのよ。まだそのほうがマシだったかもしれないわね。いい歳して父さんが男に走るなんて——ああ、ぞっとするわ」

自分の両肩を抱いて、娘が震える真似をする。ふたりの息子も同感なのだろう、何度も頷き同意する。

金沢の子どもたちを前にして思案するそぶりをしてみせた尋は、木本に差し出されたペンを受け取らなかった。

「考えさせてもらいます」

一言で、また立ち上がる。尋を見上げた子どもたちは、理解不能とばかりに目を瞬《しばた》かせた。

「……なにを考える必要があるんだ」

すぐさま長男が非難してくる。

「あなた、まさか遺産が欲しいって言うんじゃないでしょうね！　図々《ずうずう》しいわ。男妾の分際で。父さんも父さんよ。なんで私たちをこんな目に遭わせるの！」

娘は目を吊り上げ、ヒステリックに喚《わめ》き散《ち》らした。

「ほら、俺が言ったとおりだろ。初めからそのつもりだったんだって。まんまと誑《たぶら》かされた父さんが間抜けだったってわけさ」

これまで黙っていた次男が、金沢に似た口を醜《みにく》く歪める。葬儀が終わってまだ一週間だというのに、誰ひとり悲しみに暮れる者はいない。

男妾を責めるのは当然としても、自分の父親を間抜け呼ばわりして被害者ぶるなど勘違いも甚《はなは》だしい。

「とにかく、今日はサインしません」

ぴしゃりと言い放ち、そのまま足を踏み出す。

金というのはあってもなくてもいいもんじゃねえな——廊下を歩きながら舌打ちをした尋は使用人に挨拶《あいさつ》をして、玄関で靴を履いた。

直後、格子戸が外から開いた。

「あれ？　お客さん？」

金沢家の人間だというのは、一目見てわかった。なぜなら、誰よりも金沢に似ていたからだ。金沢が四十歳くらい若かった頃を想像させる男だ。

端整な顔立ちで、スーツがよく似合う。尋に向けた笑顔はどこか少年っぽく、たったいま会ってきた息子や娘たちより格段に印象がいい。

金沢とのちがいは、長身なところだ。金沢はどちらかといえば小柄だったが、目の前の男は尋より長身で百八十二、三センチはありそうだ。

「あ、きみ、もしかして祖父の——」

この一言で、男が孫だと知る。屋敷に帰ってきたのだから長男の息子だろう。

いま、金沢によく似た孫から彼らと同じような台詞を言われたら、きっと自分は暴れ出す。てめえらいいかげんにしろと怒鳴《どな》りつけてテーブルのひとつもひっくり返してやりたい衝動を、必死で我慢しているのだ。

「そ。お祖父《じい》さんの男妾で〜す」

実行に移さなくてすむよう尋は予防線を張り、男に向かって軽薄な上目を投げかけた。

「いいこと教えてあげようか。男って潜在的にみんなホモの要素あるらしいよ。あんたも一回試してみれば？　案外、はまるかも」

にっと唇を左右に引くと同時に、孫の一物《いちもつ》をスーツの上からぎゅっと握ってやる。

驚いたのだろう、孫は黙ったまま尋をじっと見つめてきた。

なかなかのお宝に気をよくした尋は一物から離した手を振ると、

「じゃあな」

これ以上の長居は無用と金沢家を辞したのだ。

電車を乗り継いで帰ったときには、すでに八時を過ぎていた。直接野島のアパートに向かうか、それともYクラフトに戻るべきか迷ったすえYクラフトに寄ってみると、まだ事務所に電気がついていた。

整備場の灯りは落ちている。残っているのはきっと矢代だろう。

事務所のドアを開けたとき、矢代は応接スペースのソファに座って書類に目を通していた。

「社長さんは遅くまで大変だねえ。野島はもう帰ったんだ？　俺もそのまま野島のアパートに行けばよかった」

矢代の顔を見た途端、肩の力が抜ける。自分がいかに気を張っていたのか、いまになって実感した。

矢代が手にしていた書類をテーブルに置いた。

「どうした？　苛立っているみたいだが」

勘のいい人間はこれだから困る。矢代なら同情せずに聞き流してくれるというのもわかっているから、愚痴のひとつもこぼしたくなる。

ぶちまけてしまいたい衝動を抑え込み、べつにと答えた。

「苦手なひとと会ってきたから、疲れたのかも」

軽く首を回しながらそう言うと、矢代が書類を片づけだす。

「そうか」

矢代は、尋が戻ってくるのを待っていてくれたらしい。直接野島のアパートに向かうかもしれないのに、戻ってきたときのことを考えて残ってくれたのだろう。

やめてほしいと、尋は棚に書類を片づける矢代を心中で責める。

学生時代の二の舞はごめんだ。あんな気持ちは二度と味わいたくない。同じ男に二度振られてしまったら、どうやって立ち直ればいいのだ。

「送っていく」

普段は察しがいいくせして、自身に向けられる好意にはまったく気づかず、矢代が車のキーを手にする。

「お～、さすが同級生。矢代くんは野島とちがって優しいなあ」

尋は大袈裟に喜んでみせた。

どんなに優しくされたって二度と惚れねえよ。

できるなら本人に言い放ってやりたいが、たとえ冗談めかしてでも言えない。矢代のためではなく尋自身のためだった。

自分のことを友人だと思っている奴に恋愛感情を仄めかしてどうなる。好きになってくれない男を想うことがいかに無駄で虚しいものか、高校生の頃に厭というほど教えられた。振り向いてくれなくても好きでい続けるなんて、よほどのマゾか馬鹿のやることだろう。

事務所のドアを施錠する矢代の背中に、そんなの俺はごめんだよと尋はこっそり舌を出した。

3

「なんだ」

九月も半ばを過ぎたというのにいまだ蒸し暑い整備場で、エンジンフィンにこびりついた汚れや錆《さ》びをリューターで削る作業をしていた矢代は、傍に寄ってきた野島に顔を向けず、声だけかけた。

野島は軍手の指先を歯で噛んで外してから、言《い》い難《にく》そうに藍川の名前を口にする。

「あれ。さっさと点検すませませんかね」

野島のいう「あれ」とは、藍川のチェロキーだ。確かに今日点検する予定になっているし、いまの作業を終えたら矢代自身が手掛けるつもりでいた。

リューターの電源を落とし、野島に向き直る。

「藍川となにかあったのか？」

昨夜、藍川を野島のアパートまで送っていった。事務所に戻ってきたとき様子が変だと思ったが、やはり車中でもどこか違和感を覚えた。

藍川が自分で気づいているのかいないのか知らないが、昔からなにかあるときほど饒舌《じょうぜつ》になる。早口で、他愛のない話をするのだ。

「なにかあったっていうか、ありまくりっすよ」

二日間で溜《た》めこんだらしい不平不満を、この際とばかりに堰《せき》を切ったように野島は連ねていく。

「図々しいっていうか、俺が夜中に便所に起きたとき、あいつひとりでビール飲んでやがったんですよ。いや、ビールは自分が買ってきたヤツだからいいんだけど、使ったタオルとかそのへんに放っておくし、食器は一応洗うんだけど、ほんっと適当であとから俺がやり直さなきゃならないわ、こっから入るなって線引きしてても『ごめん』の一言で侵入してくるわ——そう！　信じられます？　なんとあいつ風呂から素っ裸で出てくるんっすよ」

顔に似合わずデリケートなところのある野島だが、怒りのためか恥ずかしさのためかこめかみを赤く染める様子に矢代は苦笑した。

「そのくらい俺でもやるぞ」

「チカ先輩は——」

言葉尻に被さる勢いで反論しようとした野島が、一度唇を噛んだ。そして、矢代の顔色を窺いながら、ぼそぼそと何事か口にする。

「なんだよ。はっきり言え」

めずらしく歯切れの悪い様子に先を促すと、野島は急にぶるぶると震え始めた。

「俺……やられるんじゃないかと」

「は？」

すぐには意味が理解できずに問い返した矢代の前で、野島の頬がひくりと痙攣《けいれん》する。

「だから！　俺、狙われてると思うんっすよ。ビールの缶を片づけとけって注意したら、あいつ、素直にわかったって言ったんっす。朝見たらほんとに片づけてあって——一昨日《おととい》は置きっぱなしだったのに、っすよ！　ていうか、俺に一緒に飲むかって誘ってきやがったんです。どう考えても、おかしいっしょ！」

さも一大事のように訴えてくるが、矢代にはどこがおかしいのかさっぱりわからない。野島に面倒をかけているから、藍川なりに気を遣っているのだろう。

「絶対変。俺、狙われてる……俺……」

青褪めた野島が、ツナギの尻を両手で庇《かば》う。

馬鹿馬鹿しくて笑う気にもなれずにため息をついた矢代は、軍手のまま野島の頭をぱんと叩いた。

「なんでそういう発想になるかな」

「なるっしょ！」

野島の表情は真剣そのものだ。

「チカ先輩も俺の立場になったらわかります。裸でうろつかれたり、妙に素直だったりしたら……」

ぎゅっと顔をしかめたかと思うと、野島は藍川のチェロキーを指差した。

「チカ先輩の手が空かないっていうなら、点検、俺がやります」

いくら考えすぎだと言っても、野島の疑念は晴れそうにない。それに、矢代自身、点検を先延ばしにするには明確な理由がなかった。

「俺が太一とやる。いまのおまえじゃ、早くすませたいばかりに見落としがありそうだ」

普段の野島なら、手抜きなんてしませんとすぐさま反論しそうなものだが、お願いしますと頭を下げるのみだった。

「今日じゅうにやってくださいね。絶対っすよ。でないと俺、チカ先輩か槙さんのうちに泊めてもらいに行きますよ」

「ああ、わかったわかった」

適当に返事をして、続きをやってしまおうとリューターを手にした。野島の背後から、たったいま話題にしていた藍川が近づいてきた。

どうやら話が聞こえていたらしく――大声で話していたのだから当然だ――藍川は唇に人差し指を当てて矢代に片目を瞑《つむ》る。

あんまりからかうなと視線で忠告したにも拘《かか》わらず、

「こうやってか?」

背中からいきなり野島にネックロックを決めた。

「ひっ」

野島は腰を抜かさんばかりに驚き、その場で硬直する。頬を強張《こわば》らせ、抵抗ひとつする余裕もない。

「やめてやれ」

右手を振って解放してやるように言うと、藍川は笑いながら野島の首から腕を離したが、当の野島は解放されたあともすぐには正気に戻らない。藍川に耳を引っ張られて、ようやく「痛え」と声を上げる始末だ。

「俺がおまえを襲うとか、あり得ないから。言っただろ。俺にも好みがある」

鼻であしらわれてようやくからかわれたことを悟った野島が見る間に顔を赤くする。

矢代からすればどっちもどっちだ。

「は？　ホモはとりあえず男ならいいんだろ。友だちが言ってたぞ」

この一言で、野島の怯《おび》えの理由が想像できた。おそらく友人にでも相談したのだろう。そのせいで勘違いをして、よけいな不安を植えつけられたのだ。

はあ、と藍川が息をついた。

「期待してるところ悪いけど、俺、そこまで不自由してないから」

「嘘つけ」

野島が即座に否定する。

「おまえのパトロン、爺さんだったじゃねえか」

さすがにこれは黙って聞いていられず野島を窘《なだ》めた矢代だったが、藍川は平然とした様子で野島の頭の天辺《てっぺん》から足の爪先まで熟視していった。

「若けりゃいいと思っている奴っているんだよなあ。金沢さんと比べて、おまえが勝ってるところなんてひとつも見つからない。金沢さんはお金持ちで、懐の深いひとだった。穏やかで優しくて尊敬もできて、変な思い込みでぎゃあぎゃあ騒ぐ奴とは比べものにならないね。お金持ちだったし」

「て、てめえ。金持ちって二回言ったぞ」

「ああ、そうだった？　でも、事実だから」

野島がぐっと返答に詰まる。確かに野島に勝ち目はない。おとなしく降参すればいいものを、野島は妙な敵対心を持ったらしく無駄な足掻《あが》きをする。

「そんな完璧な奴がいるか。そいつだって、陰じゃなにかやらかしてるにちがいない」

自分のよさをアピールするならまだしも、知らない人間を理由もなしに貶《おとし》めようとする野島があまりに情けなくて矢代はふたりの間に割って入った。

「もういい。こっちが終わったら、おまえが藍川の車の点検を手伝ってくれ」

野島にそう言い、藍川には事務所にいるよう促す。ふたりを離して仕事に戻ろうとした矢代は、一瞬、藍川の顔に皮肉めいた色が浮かんだのを見逃さなかった。

「なにか、ね。まあ、子育てには失敗してるよな」

ぼそりとこぼした声音には疲労が感じられた。昨夜の様子から察すると、やはりなにかあったのだろう。

「矢代、俺、点検見ててもいい？　そいつが俺の愛車に爆弾でもしかけないか見張っておきたいから」

だが、そう申し出てきたときの藍川はいたって普通で、野島を揶揄して白い歯を見せる。昔から何度も目にしてきた、なにか問題が起こったときもいつも笑って流してきたにちがいないと思わせる、どこか寂しげに見える笑顔だ。

昨夜なにがあったのか聞いたときはあからさまにはぐらかされたし、いま聞いても同じ答えが返ってくるのは目に見えている。たとえ窮地に陥っても藍川は自分には話してくれないだろう。おそらく矢代は、藍川のことをなにもわかっていないのだ。

いまはもとより、昔も――。

「ちょっと外の空気吸ってくる」

自分へか藍川へか焦りに似た苛立ちが込み上げ、リューターを置いた矢代はひとりその場を離れて整備場を出る。藍川は一服するようで、喫煙スペースに向かう姿が見えた。

ツナギの上半身を脱いで袖を腰で結ぶと、道路脇に設置してある自販機で缶コーヒーを買ってから、すぐ傍に積んだ廃タイヤに腰かける。外の風に当たりながら缶コーヒーを飲む矢代の脳裏に、過去の記憶がスライドのごとく次から次に再現されていった。

あの頃のことを思い出せば、苦い気持ちになるのはどうしようもない。

藍川の噂はよく耳にした。某男子に付き纏い、恋人である彼女に嫌がらせをしているとか。誰かが迫られてもう少しでやられそうになったとか。中学のときには他校の教師とできていたとか。

体育倉庫で男とやっている場面を見たというのまであった。

俄《にわ》かには信じがたい噂の数々の中で、唯一信憑性《しんぴょうせい》が高いといえば、自分から同性愛者だと打ち明けたというものだった。しつこく問い詰められたら藍川なら平然と言ってのけそうだと、いつもひとり窓の外を眺めている姿を見て矢代は思った。

矢代の目に、藍川はどこか投げやりで不安定に映ったのだ。

気になっていたからなのか、その後藍川の視線をよく感じるようになった。

たまに目が合っても矢代はなんと声をかけていいかわからなかったし、藍川も同じだったのだろう。いや、藍川の場合は、矢代の視線に気づいていたかどうかも知れない。

それほど、周囲に頓着《とんちゃく》がないように見えた。

だから、藍川が上級生に襲われている場面に出くわしたのは偶然ではない。使用されていない特別教室があるほうへ向かう姿を見て、おかしいと思いあとをつけたのだ。なにがおかしかったのかいまでも判然としないが、無理《むり》強《じ》いされたあとだというのに取り乱さなかった藍川に、なんともやりきれない気持ちになったのは事実だ。

同情ではない。もしかしたら、言い訳も抵抗もしなかった藍川に腹が立っていたのかもしれなかった。

手の中でぬるくなった缶コーヒーの残りを飲み干した矢代は、廃タイヤから腰を上げて自販機の横にある缶入れに缶を放った。

わずかに外れ、縁《ふち》に当たって跳ね返った缶が地面を転がる。

思わず舌打ちをしたのは、的を外したからではなく過去の失敗を思い出したせいだった。

一時期、藍川と自分はもっとも近い距離にいた。藍川は排他的に見えて、つき合ってみると案外人懐っこい性格だとわかった。

なぜあんなことになったのか、直前の出来事はよく憶えていない。が、部室で、矢代には世話になっているからと藍川が触れてきたとき、失望したのは確かだった。

あのときの矢代は、結局、俺のことも他の奴らと同じ扱いをしていたのかと思い、むっとしたのだろう。

だが、少し冷静になれば気づいた。あのときの藍川は口調こそ軽々しく装っていたが、表情はむしろ自虐的だった。

矢代自身、すぐに気がついたというのに、ガキだったせいで離れていった藍川に対してかける言葉がなかった。なにもできないまま卒業を迎えた。

再会して、咄嗟《とっさ》に引き留めてしまったのはおそらく過去の失敗をやり直したいという気持ちからだ。あのとき自分がうまく対処できていたら藍川は離れなかったのではないかと、十年たったいまならなんとかできるのではないかと、身勝手を承知で思っている。

それとも、自分のやっていることは単なる感傷で、自己満足だろうか。

――働く男っていうのは色っぽいなって見惚れてたんだよ。あんまりいい男でどきどきしちゃう、ってさ。

冗談めかした言い方は、いかにも藍川らしい。

缶を拾い上げた矢代は、再度缶入れを狙って放った。今度はすとんと入った。

「俺は――どうすればいい？」

声に出して自問した自分が急に気恥ずかしくなり、頭を掻く。

ツナギに袖を通して整備場へ戻ったとき、藍川は喫煙スペースで槙と談笑していた。屈託のない笑顔を尻目に、矢代はなんとも言い難い複雑な心境でリューターの電源を入れると、やりかけだった作業を再開した。

一服しながら槙と話をしていると、外から矢代が戻ってきた。また黙々と仕事をし始めた

矢代を窺いながら、好みというのは存外変わらないものだと尋は実感する。

もっとも、矢代は特別かもしれない。ただでさえ多感な年頃だったし、誰にも相手にされなかった時期にたったひとり尋を庇い、構ってくれた男だ。惚れるなというほうが無理だろう。いまだ似たタイプの男にばかりに目がいくのも、尋にしてみればどうしようもないことだった。

初恋の相手で、人生で唯一片想いを味わわせてくれた矢代を前にしていると、あの頃の甘酸っぱい気持ちがよみがえる。何年たとうと忘れられない。

矢代と視線が合う。

どきりとした尋を、槇が呼んできた。

「携帯が鳴ってるぞ」

「あ」

慌てて上着のポケットから携帯電話を取り出した尋は、『金沢さん』の文字を見てまたかとうんざりする。

考えておくと言ったのに、昨日の今日でまた電話をかけてくるなんてどういう神経をしているのか。金持ち連中の考えることは理解できない。

電話に出ないという選択もあるが、無視して何度もかけてこられると迷惑なので、渋々応じることにする。整備場から外へ出てから携帯電話を耳にやった尋は、

「まだ考え中です」

ぞんざいに告げると、じゃあの一言で切ってやろうとした。

『ああ、待って』

しかし、聞こえてきた声は尋の想像していたものとはちがった。やけに若い声に首を傾げ、ふたたび携帯電話を耳に戻した。

「――どなたですか？」

長男ではないのか。心当たりがなくて、次男、弁護士の声を思い出そうとするが、その必要はなかった。

『昨日、帰り際に会ったの憶えてる？　孫の誠一《せいいち》と言います』

「ああ……孫」

金沢を若くしたような、いい男だった。彫りの深い顔立ちとともに、手のひらに残る一物の感触も思い出す。

「なにか御用ですか？」

親に頼まれたのかという疑心が声音に表れたらしい。

『遺言書の件じゃないから安心していいよ』

誠一が先回りをして否定した。

誠一は外見だけではなく、喋《しゃべ》り方《かた》も息子たちよりよほど金沢の血を受け継いでいる。やわらかで品を感じさせ、耳に心地いい。

「なら、なんの用でしょう」

『うん。ちょっと話をしたいと思って』

遺産の件以外、なんの話があるというのだ。あえて尋が返答をしないでいると、ふっと笑う声が聞こえてきた。

『疑《うたぐ》りたくなるのも当然か。でも、僕は純粋に祖父の可愛がっていたきみに興味があるんだ。できれば――いや、ぜひ直接話をしてみたい』

「――――」

話をする必要なんてない。と、突っぱねてもよかった。金沢の子どもたちの態度を見る限り、孫の誠一の言葉も鵜呑《うの》みにはできない。息子たちが迫っても駄目だったから作戦を変えただけとも考えられる。

と思うのに、返答に躊躇《ちゅうちょ》する。誠一の面差しや声が金沢に似ていることと無関係ではなかった。せめて孫くらいはと期待してしまう。

「一度、会うだけなら」

自分の甘さに呆れながら、結局、承諾した。

『よかった。じゃあ、七時に迎えに行くよ。どこがいい？』

金沢邸からここまで車で一時間近くかかる。が、誠一の会社が比較的近いと聞き、遠慮なく最寄りの駅を指定した。

尋が電話を終えて喫煙スペースに引き返したとき、槇はちょうどパイプ椅子から腰を上げたところだった。

「デートか？」

にやりと唇の端を引き上げた槇に、残念ながらと首を左右に振る。

「そう見えますか？」

デートならどんなにいいかという意味で返すと、槇は顎をくいとしゃくった。

「こっそり電話を受けてりゃそう勘違いする奴もいるってこった」

槇の示した先にいるのは、矢代だ。視線が合うと、矢代はただでさえ仏頂面だというのに、不審げに眉根を寄せたためにいっそう怖い顔になった。

「――勘違いされて困ることはないですけど」

自分だけではなく矢代も、だ。尋にデートする相手がいようといまいと、矢代が気にする理由はない。そう思うのに、妙に歯切れの悪い返事になったという自覚があり、槇の意味深長にも思える態度がなおさら尋を戸惑わせた。

「そっか？」

一言だけで離れていこうとする槇を反射的に呼び止める。けれど、なにを言いたかったのか、自分でもわからなくなって顔をしかめた尋はさんざん言いあぐねたあげく、槇に聞いてもしようがないとわかっていながら口を開いた。

「槙さんには、どう見えますか」

　こんなことを問うつもりはなかった。どうかしているとしか思えない。

「きみとチカのことか?」

　きみとチカというのが、自分と矢代のことだと理解するのに数秒かかる始末だ。

「忘れ物を探してるみたいに見えるよ」

　なんでもないことのように槙がさらりと答えた。

「…………」

　さらなる返答を待って槙を見つめても、それ以上の言葉はなかった。槙はくるりと半身を返して仕事に向かってしまった。

「忘れ物——か」

　尋に限って言えば、当たらずとも遠からずだ。忘れ物ではないが、矢代と再会してからの二日間、過去から矢代との記憶を探し出しては瘡蓋《かさぶた》を剝《は》がすような真似をくり返している。もうあんな思いはたくさんだと昔の自分を情けなく思う反面、若かったのだから仕方がなかったのだと肯定したくもなるのだ。

　パイプ椅子に腰かけた尋は、セブンスターを銜えてぼんやりと矢代を眺める。矢代が自分の愛車の整備をする様子を目にするなんて、どこか不思議な感じがした。

額に汗して真剣そのものの顔で働く矢代を前にして、昔の記憶そのものに疑念が芽生える。もしかして思い出はすべて尋の妄想で、現実には矢代と関わりなんてなかったのではないかと思えてくる。

この場にいること自体間違いで、甘酸っぱい初恋の夢でも見ているのかも——と、そこまで考えた尋は、ぶるっと肩を震わせた。

「うわ。なんだ俺。気持ちわるっ」

なにを考えているんだ、と心中で自分に突っ込みを入れる。過去に酔いしれるなど柄ではない。自分のキャラクターにないことをするなんて、寒いだけだ。

そこそこ働いて、そこそこの収入を得て、そこそこの相手とのアバンチュールを愉しむ。それこそが尋の望んだ人生で、いままさに理想の人生を謳歌《おうか》しているのだからなんの不満もない。

「なにぶつぶつ言ってんっすか」

いつの間にか指に挟んだ吸いさしを凝視していた尋の前に、野島がいた。煙草を吸わないのなら他で休憩すればいいのに、わざわざ野島は尋の前のパイプ椅子に腰かけた。

「べつに。退屈だったから、Yクラフトの皆さんに点数をつけてたんだ」

口から出まかせを言うと、案の定、野島は過剰反応する。苛つくことは多々あるが、野島ほど予想どおりの動きをしてくれる奴はない。

気晴らしにはいい玩具《おもちゃ》だ。

「ちなみにおまえは二十五点」

「ああっ？　俺が二十五点？　なんで俺がそんな低いんだっての——だったら、太一！　太一はどうなんだ」

槙と矢代には無理でも、太一には勝っているとでも言わんばかりの質問を、尋は鼻で笑った。

「彼はいいじゃん。マイナスポイントが少ないんだよなあ。若くてちょい経験不足っていうのがあるにしても、八十八点くらいかな」

実際、無駄話をせずに黙々と仕事をする姿は男らしい。いかにも不良っぽい外見はあと何年かすればバランスが取れてきそうだし、なにより将来性がある。

「は？　は？　意味わかんね。太一が八十八点で俺が二十五点？　おまえ、おかしいんじゃねえの？　じゃあ、チカ先輩と槙さんはどうなんだよ」

むきになって聞いてくる野島に、からかい甲斐があるなあと目を細めた。

「槙さんは百点に決まってるだろう。あんなおいしそ——いい男なかなかいない。矢代は——そうだな。おまけして六十点くらいかな」

槙に関しては野島も異論はないようだ。野島が唾を飛ばして抗議してきたのは、矢代の点数だった。

「やっぱりおまえおかしいじゃねえかよ。チカ先輩みたいな格好いい男が六十点って。おまえ、マジで頭どうかしてるんじゃねえの？　チカ先輩のどこが悪いのか、言ってみろよ」

野島に文句を言われるのは当然だ。女性や後輩から見れば、見た目も中身もゆうに合格点は越えているだろう。

だが、尋からすれば、大きなマイナスポイントがあると言わざるを得なかった。過去に拒絶した男を中途半端に構ってくるなんて、どうかしているとしか思えない。たとえこっちから頼んだにしても、大人なのだから社交辞令のひとつでも口にしてあしらえばいいのにまともに取り合うなんて、マイナスもマイナスだ。

野島の肩越しに矢代が見える。太一になにか言ったあと、笑顔になった矢代は太一の頭をくしゃりと撫でた。

褒められでもしたのか、いつもは険しい太一の顔に照れが浮かぶ。十年たっても矢代は男女問わずモテモテらしい。

「ちょっと出てくる」

ふいとそらした目を腕時計に落として、尋は腰を上げた。

「あ、てめ。まだ答えてねえだろ」

野島が食い下がってきたが、いちいち答える義務はない。

「おまえ、タメ口になってるぞ。気をつけろ」

いったん足を止めて注意してから、整備場を出る。約束した七時にはまだ余裕があるが、駅までは十五分ほどかかるので待つつもりでYクラフトをあとにし、狭い歩道を駅に向かって歩き出した。

駅に着くと、時間潰しにニュースでも見ようかと携帯電話を開く。一分もしないうちに目の前にすうっと車が寄ってきた。

シルバーのシトロエンのウインドーが下がり、待ち合わせした人物が笑顔を見せる。さすがにいい車だ。五百万は下らないだろう。

「乗って」

誠一に促されて尋はぴかぴかに磨かれたシトロエンを回り込み、助手席におさまった。滑るように発進した車中で、こちらから口火を切る。誠一の用事がなんであれ、警戒する必要があった。

「手短にお願いします」

尋がそう言うと、誠一が表情をやわらげた。

「きみは、せっかちだって言われない？」

その手の台詞なら数えきれないほど言われてきた。歴代の男はもとより、一夜限りの男にすら、「せっかち」「気が早い」「もっと余韻を愉しもう」「プロセスを大事にしたいのに」「情緒の欠片もない」「結局、やりたいだけか」等々、まるでひとをセックスだけが目的の男みめたいに——そういうときがあったことは否定しないが、全部尋のせいだとでも言いたげに責められた。

が、これは誠一には関係ない。

ごほんとわざとらしく咳をして、夜の様相を漂わせ始めた窓の外に目をやったまま先を続けていった。

「さっさとすませてしまいたいのは当然でしょう。俺のこと、お祖父さんを誑かした悪人と思っている相手と平和な会話ができるとは到底思えないので」

誠一は軽やかにハンドルを捌《さば》きながら、誤解だと顎を引いた。

「きみが祖父を誑かしたなんて思っていない。それどころか、あの祖父の心を奪ったんだ。会う前から、とても魅力的なんだろうって想像していたよ」

恥ずかしげもなく賛辞を口にし、端整な横顔が綻《ほころ》んだ。

「実際会ってみて、想像どおりだったな」

なるほどね、と尋は誠一をじっと見つめた。

金沢の血は、子どもたちを飛ばしてすべて誠一に受け継がれたらしい。誠一の面差しに金沢を重ねれば、自然に頬が緩む。

「きみと話してみたかったというだけで用事と言えるようなものはないんだが——そうだな。強いて言えば、僕はきみの味方をしたいと、そう考えている」

「味方?」

どういう意味で誠一が「味方」というのか、すぐには判断できない。親や叔父叔母《おじおば》と自分はちがうとでも言いたいのだろうか。

「そう」

誠一が、ちらりと親しみのこもったまなざしを投げかけてきた。

「祖父にとって、きみの存在が大きかったからこそ財産を残したかったんだろう。僕としては祖父の遺志を尊重したいし、きみは遺産を受け取る権利がある」

どこまで本気なのか、俄かには判断できない。なにか思惑があるのかもしれない。

「たった四か月足らずの男妾にも遺産を受け取る権利がある? やけに物わかりがいいんですね」

大袈裟に驚いてみせたが、内心は疑心でいっぱいだった。誠一のように下手に共感を示されるより、息子たちのように悪意を向けられるほうがわかりやすい。昔から、耳に心地いい言葉で寄ってくる人間ほどあとで手のひらを返すのだ。

「うんざりしてるんだ」

心底そう思っているのか、終始穏やかな表情をしている誠一が、一瞬だけひどく冷たい目をした。

その表情を見て、思い出したことがあった。

自慢の子どもたち。自慢の孫たち。

不平不満などまったく漏らさず、幸せなことばかりを並べていた金沢が、ちょっと変わった孫がいると話していたのは、きっと誠一のことだったのだ。

――変人なら、金沢さんと似ているんじゃないですか？　なにしろ、会って間もないホームレスを囲おうっていうんだから。

尋が笑うと、金沢も相好を崩した。

――そうだな。私に似ているんだな。きっときみと気が合うだろう。

金沢との会話をよみがえらせていた尋の隣で、誠一が重いため息をつく。

「いい歳をして男にのぼせるなんてみっともないとか汚らわしいとか祖父を責めた口で、遺産の話をするんだ。うんざりするだろう？　きみは、祖父の話し相手になってくれたんだね。祖父は、あれでいて寂しがりやなところがあったから」

親とはちがい、金沢のことを理解したうえでの優しい言葉だ。

「停めてください」

だが、尋には、なにより癇《かん》に障る一言だった。遺産の話しかしない息子や娘より、金沢への憐憫《れんびん》を見せる誠一に腹が立つ。

「停めろって言ってるんだよ」

最低限の礼儀として敬語で話していた尋だったが、我慢できずに乱暴な口調で言い放つ。

急変した尋の勢いに驚いたのか目を丸くした誠一がスピードを緩め、路肩に車を停めるとすぐさまドアを開け、降りる間際、運転席を睨みつけた。

「寂しがりや？　ふざけんな。そうことを平気で言うおまえが一番むかつくんだ。そこまで祖父さんのことわかってるっていうんなら、なんで傍にいて、話を聞いてやらなかったんだ。忙しいのかなんだか知らないが、五分だけでもよかったはずだ」

くそっと毒づき、車を降りる。

「――藍川くん」

呼び止められたが、無視して勢いよくドアを閉め、足早に車から離れた。

「あんたに似てるのは顔だけだったよ」

もうこの世にはいない金沢に愚痴をこぼした尋は、電車でまっすぐ帰る気になれず、二駅分をぶらぶらと歩いて頭を冷やした。

帰り着いたときには八時を過ぎていたが、事務所には野島が残っていた。

普段から態度の悪い野島だが、今夜はあからさまだ。尋が入っていくと、厭なものでも見たとでも言いたげに上唇を捲り上げた。

「なんだよ、その顔。なにか言いたいことがあるなら言えばいいだろ」

正直なところ、今日はとてもやり合う気分ではなかったが、野島の態度が不愉快でつい挑発してしまう。

ふんと、野島は勝ち誇ったような半眼を流してきた。

「べつに。ただ、あんたはすごいよなあって感心してたんだ。お盛んっていうか、緩いっていうか。まあ、ホモなんてそんなもんだって言われたら、俺にはわかんねえけどな」

確かに誇れるような生き方はしてこなかった。それでも、なにも知らないくせしてわかった気になっている奴に「緩い」とか「ホモなんて」とか馬鹿にされたくはない。

尋は冷笑で応じる。

「だから？　俺が緩いからっておまえには関係ないだろ。まだ襲われるとか思ってるんなら、おまえ、一回自分とちゃんと向き合ったほうがいいんじゃないか？」

その程度でと言外に含んだ。

尋の意図はストレートに伝わったのだろう、怒りのために野島のこめかみが赤く染まる。

「はっ。そりゃ俺やここのみんなは眼中にねえだろうよ。あんたの目的は金持ちを転がすことだからな。この前愛人が亡くなったって話してたばかりで、今度はシトロエン野郎ってか？　天性の男誑《たら》しだな」

野島が嫌悪する理由がわかった。納車のときなのか、お使いを頼まれたときなのか知らないが、誠一の車に乗り込むところを見られたらしい。だとしても、やはり野島に非難されたくはなかった。

「俺が男誑しだったらどうだっていうんだ。おまえになんの関係がある」

激情のあまり、頭の芯《しん》がくらくらしてくる。いつもの自分なら軽くあしらえる程度のことだし、こんな無意味な言い争いなんてしたくないのに、いまは感情が抑えられずに売り言葉に買い言葉でエスカレートしてしまう。自分でもなぜこんなに腹が立つのかわからなかった。

「ああ、関係ないね。ちょうどあんたの車の点検も終わった。これであんたと縁が切れるかと思うと清々《せいせい》する」

野島は、胸を張って印籠《いんろう》のごとく車のキーと請求書を差し出してくる。きっとこれを直接渡すために尋の帰りを待っていたにちがいない。

「そうか。お互いよかったな。二日ほど厄介になったから、車検の代金に上乗せして振り込んでおくよ」

嫌みたっぷりに言い、請求書とキーを奪い取る。

酸欠のごとく息苦しさを感じていた尋だが、いまは一刻も早くこの場から去ることのほうが重要だった。

「永久にさよならだ」

野島の捨て台詞にこっちもなにか返してやりたくても、思考が回らず黙って外に出る。整備場の傍にチェロキーを見つけてそちらに向かうと、間の悪いことに、首にかけたタオルで汗を拭いながら矢代が出てきた。

「帰ってたのか」

矢代を前にすると、一気に頭が冷えていく。野島と子どもっぽい舌戦《ぜっせん》を交わした自分が急に恥ずかしくなった。

とはいえ、素直に反省できる人間だったら最初から苦労はしていない。

「ああ、ちょうどよかった。いろいろと面倒かけて悪かった。たぶんもう会うこともないと思うけど、元気でな」

矢代の顔を見ずに告げ、チェロキーのドアを開ける。運転席に身を入れたとき、矢代がドアを手で押さえてきた。

「野島となにかあったのか？　あいつ、納車から戻ってきてから様子がおかしかったが」

事務所に一度向けた視線を、尋へと戻す。問いかけるような口調とまなざしに、野島は矢代に喋ってないのかと尋は目を伏せた。

口にしたくないほど野島の嫌悪感は強いとも考えられる。

「なにもない。っていうか、初めから点検がすむまでって約束だったろ」

いまとなってはどうして家に置いてくれなんて話になったのか、言い出した自分が信じられないし、やめておけばよかったと悔やむ。

苦い別れ方をした記憶を書き換えたかったのだろうが、結局、失敗した。

「行くところはあるのか？」

つくづくひとのいい矢代は、昔のクラスメートの寝床の心配までしてくれる。尋にしてみれば早くドアから手を離してほしいというのが本音だった。

矢代がドアから手を離してくれたら、すぐに車を出して、元の身軽な暮らしに戻る。しばらく車で寝泊まりしながら仕事を見つけて、そのあとも気ままに過ごしていくのだ。

「あー、ラッキーにも後釜《あとがま》が見つかりそうなんだよ。ほら、俺ってこの美貌じゃん？　相手には苦労しないんだよな」

頬に人差し指をやってしなを作ると、ようやく矢代の手がドアから離れる。呆れたにちがいないが、いまさらだとドアを閉めた尋はすぐにエンジンをかけ、アクセルを踏んだ。

Yクラフトを出たあと、行く当てもなく車を走らせる。点検直後だけあってブレーキの利きがよく、快適なドライブだ。

数十分ほど走ったあと、無駄なガソリンを使っていることに気づいた尋は、行き先を決めようと思考を巡らせた。

いろいろな場所が浮かんできたが、ふと、以前バーテンダーとして働いていたバーを思い出して懐かしい気持ちになった。客のひとりに付き纏われて辞めてしまったとはいえ、いわゆるお仲間が集まるハッテン場と言われる場所の外れにあったこともあって、ゲイのみならずノンケや女性客も集まってくるいい店だった。

雑用でもいいからまた雇ってもらえないだろうか。そんな下心もあって、行き先をバーに決める。

一時間ほど運転して目的の場所に到着した尋は、近くの駐車場にチェロキーを置いて、バーのある細い路地へと入っていった。

飲食店や風俗店の建ち並ぶ界隈は相変わらず雑多な雰囲気だ。前方に見えるネオンは尋が通っていた頃から修理されていないらしく、ついたり消えたりしている。三階建てビルの一階にあるスナックのネオンで、尋が目指しているのはそこの三階だった。

三階には灯りがついていなかった。

「休みか。タイミング悪」

定休日が変わったのだろうと残念に思った尋だったが、近くまで歩いていくとそうではないと気づいた。階段の壁に掲げてある表示板が、三階だけ空欄になっている。テナント募集の張り紙も見つけた。

バーは閉店したらしい。

店がなくなったり変わったりするのはよくあることだ。現に、ここまで歩いてくる間にも見慣れない看板をいくつか目にした。

それでも、昔馴染《なじ》みのバーがなくなってしまったとわかればやはり寂しい。尋は店のプレートのあった場所に触れ、しばらくそこに立っていた。

いつまでも感傷に浸っていてもしようがないので、帰路につく。駐車場に引き返していたときだ。

「尋？」

通りの向こうから声をかけてくる者があった。

「島崎《しまざき》さん」

周辺には常連客やゲイ友を含め見知った顔も見つけたが、かつての同僚とばったり会うとは思っておらず尋は立ち止った。

尋にシェーカーの振り方を教えたのは島崎で、いわばバーテンダーの師匠だった。十ほど年上の島崎には、他にもいろいろとよくしてもらった。話し方も物腰もやわらかいが腕っぷしは強く、店のスタッフや客に頼りにされていたのだ。

「久しぶり。相手を探しにきたんなら、あっちのほうがいいんじゃない？」

にこやかに来た方向を示され、島崎は笑う。島崎の言うとおり、相手を見つけるならその手のバーやサウナのある中心部のほうが手っ取り早いし、実際、尋も何度かそういう場所に行ったことがあった。

二十代前半は自分でも呆れるほど盛んだったし、他言できないような行為もしてきた。

「急に思い立ってマスターに会いに来たんです。けど、こんな調子で」

三階を指差す。

頷いた島崎も、残念ねと同じビルを見上げた。

「経営はそれなりにうまくいってたのよ――尋が辞めた半年くらいあとだったかしら、オーナーが株に手を出して、かなり損失を出したせいで店を畳まなくちゃならなくなったの」

「あー、そうでしたか」

経営悪化というならまだしも、オーナーとしても無念だったにちがいない。店で働いていた島崎も困っただろう。

「島崎さんは、いまどうされてるんですか」

島崎の服装は白い開襟《かいきん》シャツにノーネクタイ、黒いジャケット。トレードマークの口髭《くちひげ》もそのままだ。いまもどこかの店でシェーカーを振っているのかと思い聞いてみると、意外な答えが返ってきた。

「じつは私、自分の店を持ったのよ。この近くなんだけど」

いや、意外ではない。男ならみな、一国一城の主に憧《あこが》れるものだ。主でなくてもいい。住処がほしい。誰でもそう願うだろう。

ちらりと矢代の顔が脳裏を掠《かす》め、すぐさま振り払う。いつまでも過去に固執するなんて愚か者のすることだ。

「本当のこと言うと、お客さんから尋を見かけたって聞いたから、ここにいるんじゃないかと思って来てみたの」

「え、そうなんですか」

偶然会ったわけではなくわざわざ来てくれたらしい。辞めてからすっかり不義理をしていた自分が申し訳なくなる。

「時間あるなら、店に来ない？」

島崎に誘われ、一も二もなく承知する。時間ならたっぷりあるし、会いにきてくれたという事実が純粋に嬉しかった。

ふたりで島崎の店に向かう。そのわずか数分の間にも声をかけられ、中には金額を示す者もいて、ここがどんな場所だったかを思い出す。尋にとってはいいことも悪いことも含めて若い頃の思い出だが、後悔はなくてもまたあの頃に戻りたいという気持ちはない。

若気の至りは一度だけで十分だ。勢いだけの行為。無茶。それから、失恋。

自分の女々しさに眉をひそめ、思考をストップする。

あえて聞かずについてきた島崎の店は、中心地に建つビルの地下一階にあった。黒いドアの金色のプレートにある『Miel』というのが店名なのだろう。

「会員制のバーなの。このへんじゃめずらしいでしょう。紹介制だから客筋も確かよ」

ドアを開けると、いらっしゃいませと活気のある声に迎えられる。いずれも若くて見目のいいスタッフばかりで、彼らはみな白いシャツと黒い細身のパンツに、ギャルソンエプロンをつけている。

深紅《しんく》の絨毯《じゅうたん》が敷き詰められ、黒い鏡面ガラスのテーブルと黒革のソファがいかにも落ち着いた大人のバーという雰囲気だった。

カウンター席が七つほどで、元バーテンダーの店だけあって洋酒のディスプレイは見事なものだ。テーブル席は五つ。奥にも個室があるようだが、店内は客であふれている。

島崎が自慢しただけあって接客しているスタッフの教育が行き届いているし、確かに客筋もよさそうだ。

島崎は、空いていたカウンター席に尋を招くと、自分はカウンターの中に入り、シェーカーを手にした。

「オーナー自らバーテンダーを？」

尋の問いに、シェーカーを振りながら島崎が苦笑いした。

「経費節減――とか言って、店が軌道にのってきたし、掛け持ちはそろそろ厳しくなってきたのよね」

グラスに注がれたのは、鮮やかなオレンジ色の液体だ。目の前にグラスを置かれた尋は、すみませんと謝った。

「車なので、飲めないんです」

どうせ行くところがないのだから近くのネットカフェで酔いを覚ますという手もあったが、今夜は酒に飲まれてしまいそうな気がしたので断る。

島崎は、得意の営業スマイルを浮かべた。

「だと思って、ノンアルコールカクテル。最近じゃ、アルコールフリーを希望するお客さんも多いのよ」

尋が勤めていた頃は、ノンアルコールカクテルは店のメニューにはなかった。アルコール以外の飲み物はオレンジジュースかウーロン茶、コーラ、ミネラルウォーターくらいだったが、最近はスーパーでもノンアルコールカクテルを売っているので人気があるというのも頷ける。

「ありがとうございます」

礼を言って、グラスに口をつける。オレンジの甘酸っぱさがほどよく喉を潤してくれた。

「ところで、いまなんの仕事をしてるの？」

自分の店を手に入れたひと相手には答えにくい質問だったものの、見栄を張ってもしようがない。

「いまは求職中ですね」

正直に返答した尋に、島崎はカウンターから出てきたかと思うと隣のスツールに腰かけた。

「だったら、うちの店で働かない？」

「え」

尋にとっては渡りに船だ。駄目元で来てみた場所で職に就ければ、しかもそれが昔の同僚の店だというのだからなんの文句もない。

「さっきも言ったけど、バーテンダーとの掛け持ちも大変なの。尋がやってくれるなら、私も安心だから」

「嬉しいですけど」

誘いはありがたかったが、しばらくシェーカーを振っていないという理由で一度は辞退した。しかし、すぐに勘が戻ると言ってくれた島崎の言葉に甘えることにする。

「俺でよければ、お願いします」

丁重に頭を下げると、島崎の手が肩にのった。

「決まり。じゃあ、早速乾杯しましょうよ。店の奥で仮眠してから帰ればいいんだし、なんなら住むところが決まるまで仮眠室を使ってもいいのよ」

なんてラッキーなのか。

仕事ばかりか今夜の宿まで得られた。両方を与えてくれた島崎にはどんなに感謝してもしきれない。

「じゃあ、島崎さんにチェックしてもらう意味でも俺がなにか作ります」

島崎に変わってカウンターに入った尋は、ジャケットを脱いでシェーカーを手に取る。久しぶりの感覚に緊張しつつ、いきなりうまくやろうとしても無理だとわかっているので愉しむことにした。

「ＸＹＺを」

島崎のリクエストを受けて、記憶を掻き集めてホワイトラム、ホワイトキュラソー、レモンジュースをシェーカーに入れ、昔と同じ二段振りでシェークする。

「尋は美人だから、やっぱり絵になるわあ」

口髭を撫でながらほほ笑む島崎と自分のぶんのXYZを作った尋は、グラスを合わせて乾杯した。

「よろしくお願いします」

「こちらこそ」

一口飲むと、さわやかな味わいが口中に広がる。それなりにできたことにほっとしたそのとき、ジーンズの尻ポケットで携帯電話が震え出した。

島崎に断って相手をチェックすると、見憶えのない番号からだった。

その場で通話ボタンを押す。本音を言えば、もしかして矢代からではないかという仄かな期待もあった。

もちろんそううまくはいかない。矢代からだったとしても話すことなどなかった。

『よかった。出てくれて』

この声は——先刻別れたばかりの誠一だ。険悪な状態で車を降りてきたはずなのに、腹を立てているどころかまるで何事もなかったかのように誠一の声はやわらかだった。

『いまから時間があるなら会ってほしい』

実際、なんとも思っていないのだろう。少しでも気まずさがあれば能天気に誘ってなどこられないはずなのだから。

「時間はないですね」

本当に変人だと金沢の言葉を思い出しつつ、断る。大らかなのか鈍いのか、そっけなく拒絶したにも拘わらず誠一はなおも強引に誘ってきた。

『一杯飲む時間もない？』

グラスを舐《な》めながら、島崎がにやにやしながら見てくる。口説《くど》かれているとでも思っているようだ。

尋はスツールから立ち、トイレへと足を向けた。周囲にひとがいなくなったので誰に遠慮することなく、携帯電話にため息をついた。

「さっき俺、あんたのことムカつくって言いましたよね。あれは本心からです」

『わかっている』

誠一は、まるで耳元で囁《ささや》くかのごとく声のトーンを落とした。

『挽回《ばんかい》のチャンスが欲しい』

半信半疑で誠一の言葉に耳を傾ける。腹が立ったのは本当だし、切ってしまえばいいと思うのに、話を聞いてしまう時点で誠一のペースだとわかっていたが、そうせざるを得ない魅力が誠一にあるのも事実だった。

『少しだけ時間をくれないか』

「――――」

ここまで請《こ》われると拒絶しにくくなる。一度くらいならという気持ちになり、尋は渋々承諾した。

「あんた、意外にしつこいんだな」

褒め言葉ではなかったのに、誠一は礼を口にした。誘いを受けて喜ばれたことはあっても礼を言われるのは初めてだったので面食らってしまう。

「マジで変な奴だ」

せっかくなので尋は『Miel』の場所を教えた。誠一なら太客になってくれるにちがいないという思惑もあったし、もしハッテン場の中心だからという理由で二の足を踏むようならそれまでのつき合いのつもりだったが、誠一はあっさりと承諾した。

電話を終えてカウンター席に戻ると、島崎はテーブル席で接客中だった。カウンター席に新たな客が座ったので、仕事の話をしてからまだ数分しかたってなかったものの尋は注文を受けた。

しばらくして誠一が訪れる。カウンターに歩み寄ってきた誠一は先刻まで尋が座っていたスツールに座ると、ふっと茶目っ気のある笑みを浮かべた。

「ここに来るまでに何人かに声をかけられたよ。こんなにモテたのは初めてだな」

百点満点の答えだ。おそらく誠一は尋が思うよりずっといい男なのだろう。だからといって、金沢の孫と個人的に親しくなろうなんて気にはなれないが。

「それにしても、バーテンダーだったなんて、きみにぴったりだな」

カウンターに肘をつき、上目遣いで見つめてきた誠一に尋は両手を広げてみせた。

「この店ではほんの一時間ほど前からですが」

自分にはウイスキーのロックを、尋にはマティーニを注文してくれた誠一との会話は思いのほか愉しめ、仕事中はアルコールを飲まないことにしている尋だが、今日は就職祝いだからと調子に乗って何杯かグラスを重ねた。

もちろんバーテンダーの仕事も順調にこなし、誠一が見かけどおりスマートな酒の飲み方をする男だというのもわかった。

「行くところがないなら、うちに来ればいい」

なぜそういう話題になったのか、誠一に自宅へ誘われた。

「冗談。悪いけど、あんたの親と顔を合わせたくない」

汚いものでも見るかのような目を思い出しただけで気が重くなり、すぐさま拒否すると、大丈夫だという答えが返る。

「あれは呼ばれたから実家に戻っただけで、普段は気ままな独り暮らしだ」

「そうなんだ？」

誠一が呼ばれた理由は、遺産の件だろう。遺産なんて受け取ったらあとでどんな面倒な事態になるか知れないのでいずれは辞退する気でいるとはいえ、金沢の心情を思えば、もう少し焦らしてやりたいというのも本音だった。

「言っておくけど、遺産に関してあんたの意見を聞く気はないから。味方もいらない」

早々に釘《くぎ》を刺した尋に、誠一が目を細める。女性でもゲイでも一発で惚れそうな包容力を感じさせる笑みに、尋といえば、自虐的な心境になる。

矢代と再会していなかったら――せめて出会う順序が逆だったなら、尋はあらゆるテクニックを駆使して全力で誠一を落としにかかったはずだ。誠一は男として魅力的だし、なによりも恋愛そのものを愉しめるだろう。

けれど、すでに手遅れだ。

自分の好みが昔からまったく変わっていないと気づいたいまとなっては、矢代の仏頂面にはときめくのに、誠一の、誰が見ても格好いい笑顔には少しも鼓動は速くならない。なんて愚かなのかと嘆いたところで、これればかりは自分でもどうにもならなかった。

友人関係でいいなんて、上等な男を前にして思う日が来るなど自分でも厭になる。

「いいな、きみは。ぜひうちに来てほしい。僕の知らなかった祖父の話を聞かせてくれないだろうか」

まっすぐ見つめてくる誠一に、迷ったのは一瞬だった。

「四か月分、聞く覚悟はある?」

ふたりで交わした会話を誠一に全部話しても、きっと金沢も許してくれるはずだ。それに、金沢に一番近い誠一にはその権利があるだろう。

「もちろんだ」

即答した誠一を前にして、ふと、この出会いは金沢が仕組んだものではないかという気がしてくる。

尋に語ってくれた自身の軌跡を、孫に伝えてほしかったのではないかと。

真相は永遠にわからないが、そう思ったほうがロマンティックだ。大役を果たすつもりで尋は、よろしくと誠一に右手を差し出した。

4

バーテンダーの仕事は性に合っているのか、二週間もたつころにはすっかり慣れ、若いスタッフともそれなりにうまくやっていた。

『Miel』はいわゆる男性客相手のボーイズバーで、昨今女性客も訪れるゲイバーが多い中、めずらしく女人禁制を謳《うた》っている店だ。

ホストクラブと同じで同伴もあるし、アフターもあるらしい。店内でのいかがわしい行為は禁止だというが、たまにトイレの個室から客同士ふたり、もしくは三人出てくる場面に出くわしてもみな見て見ぬふりをする。

尋《ひろ》も幾度となく誘われたが、『Miel』ではバーテンダーに徹すると決めていたので同伴もアフターもすべて断っていると、いつの間にか誠一《せいいち》が彼氏という話になっていた。

誠一がしょっちゅう店に顔を出すうえ、尋同様すべての誘いを断るせいだが、一緒に住んでいるのだから噂《うわさ》になるのもしようがなかった。

当の誠一はどう思っているのか、確かめてはいない。そもそも同性が性的対象になるのかすら聞いてなかった。

尋にとって誠一は、恋愛のどろどろを意識せずにすむ心地いい存在になっていたのだ。

もちろん家主としての誠一も理想的だと言えた。

広く明るいリビングも、使い勝手のよさそうなダイニングキッチンも清潔でまるでモデルルームさながらなうえ、掃除好きというだけで、家事全般苦手な尋は同じ男として敬意を払うに十分だった。

一方で、2LDKの一室を尋に明け渡した際、十畳の洋室を狭くてすまないと謝ってきた誠一の感覚は、やはり「金持ちの坊ちゃん」だと言わざるを得ない。

尋に豪奢《ごうしゃ》な部屋を与えて通ってきていた金沢《かなざわ》と同じだ。

「いらっしゃい」

ドアを開けて入ってきたのは、誠一だった。二週間ですっかり常連客になり、閉店一時間前にやってきて尋の帰りを待つのを日課にしたらしい誠一は、今夜もスタッフとにこやかに挨拶《あいさつ》をしながら店に入ってくる。

「今日は忙しかった」

スツールに座るや否や首を左右に傾ける誠一の仕事が小児科医だと、初めて部屋を訪ねた日に知った。本棚にやけに子ども関連のタイトルが多いことについて聞いたとき、てっきり関連会社のひとつでも任されているのだろうと決めつけていた尋は、少なからず驚いた。

やっぱり変わってるなと揶揄《やゆ》したのは、尋にしてみれば本心からだったのだ。

「小児科医と産科医って、いまなるひと少ないんだって？　前にテレビで観た」

「どうかな。まあ、やるべきことをやるだけだが――困ったな。きみにちょっと弱音を吐くのが癖になってしまったみたいだ」

グラスの中の氷を人差し指で搔《か》き混《ま》ぜる仕種《しぐさ》も、誠一がやるとやけにスマートに見える。高級ウイスキーであるバランタインを注文してくれるからというのももちろん無関係ではなかった。

店にとっても理想的な客で、多少の愚痴《ぐち》すら好感度を上げる役目を果たしていた。

「いくらでもどうぞ。その代わり、帰ったらあんたは聞き役だよ」

毎晩続けている金沢の話は、いよいよ佳境《かきょう》に入った。

父親が戦死したため、女手ひとつで子ども四人を育てた母親がどれほど苦労したか。戦後の貧しい暮らしぶりや、たったひとつの芋を兄弟四人で取り合った話など、ともすれば悲愴《ひそう》感《かん》が漂いそうなものなのに、金沢はいつもユーモアにあふれていた。

妻との出会い。ふたりの暮らし。子どもができたときにどんなに嬉しかったか。

今夜は、裸一貫から建設会社を興《おこ》した話をするつもりだった。

「愉《たの》しみだ」

誠一の返答に尋は頷《うなず》く。尋にとっても、夜ごと誠一に語る時間は、心から愉しめるものになっていた。

ドアが開いて、新たな客を迎える。

「いらっしゃ――」

にこやかな笑みのままそちらへ目をやった尋は、直後、驚きのあまり息を呑《の》んだ。まさか店に来るとは微塵《みじん》も思っていなかったし、なによりもう用はないはずだった。

尋と目が合うと、矢代《やしろ》はまっすぐカウンター席へと歩み寄ってきた。

もとより偶然などではない。矢代がこんな場所に近づく理由がない。となれば、わざわざ尋の居場所を探したことになる。

「どうかした？」

誠一に問われても答えられず、なんの気構えもできないままカウンター越しに矢代と向き合うはめになった。

「忘れ物はしてないはずだけど」

なんとか表面上だけでも取り繕ったが、うまくいったかどうか自分ではわからない。だが、なぜ矢代を前にしてこれほど動揺するのか、そのわけははっきりしていた。

二度失敗したという自覚があるから。三度目は絶対厭《いや》だと尋が強く思っているからだ。失敗しないためには、会わないのが最善だった。

「忘れ物じゃない。けど、俺が――」

矢代がめずらしく言《い》い淀《よど》み、一度言葉を切った。

顔は平静を装っていても、いったい矢代はなにを言いに来たのだろうかと、心当たりがないだけに緊張する。

　気をきかせたつもりか、誠一がグラスを手にしてスツールから立ち上がった。

「ここ、どうぞ」

　本来は尋がそうすべきことを代わりに誠一がやり、自分はテーブル席へと向かう。スーツの背中を見送ったあと、尋は矢代にスツールを勧めた。

「で？　どういう用件？」

　水を向けると、矢代は上着のポケットからYクラフトと印字された封筒を取り出してカウンターテーブルの上に置いた。

「振り込まれた金額が多すぎる。すぐに電話をかけたかったが、点検の申込書に番号が書かれてなかった」

　律儀にも過剰分を返すために苦労して尋を探して、ここまで足を運んできてくれたようだ。

矢代らしい理由に拍子抜けして、笑ってしまう。

「野島に聞いてない？　厄介《やっかい》になったから、迷惑料のつもりなんだけど」

　当然のことをしたつもりだったが、にこりともせず矢代は真顔で一蹴《いっしゅう》した。

「友人を二日泊めたくらいで厄介もなにもない。もしどうしてもというなら、野島の部屋を勧めたのは俺だ。払う義務は俺にある」

「――――」

正論に対して、どう返答すればいいというのだ。まっとうに育ち、まっとうな考え方を持つ人間に同意も反論もできるわけがない。自分と矢代はつくづく住む世界がちがうのだと実感するだけだ。

「そういうもん？」

一言だけで、口を結んだ。

用件は終わったはずなのに、矢代はまだ帰ろうとしない。車で酒は飲めないからと、ウーロン茶を注文した。

「すぐに仕事が見つかってよかったな。住むところは、決まったのか？」

矢代の問いに、まあ、と尋はおざなりな返事をする。

矢代にとっては旧友とのちょっとした場持たせの会話であっても、尋には苦痛でしかなかった。尋がどこに住もうと、なにを仕事にしようと、矢代になんの関係があるというのだ。

「あのひと」

テーブル席の誠一に視線を流す。あっさり席を譲ったものの気になっているのか誠一はこちらを見ていて、尋と目が合うと右手を上げた。

「いまあのひとと住んでる」

矢代は誠一を振り返らなかったが、この場に座っていた男だというのは察したのだろう。

「そうか」

ウーロン茶をぐっと呷《あお》ったかと思えば、札を置いて席を立った。

「仕事中、邪魔したな」

あっさり店を出ていく矢代を咄嗟《とっさ》に呼び戻したい衝動に駆られた尋は、ぐっと堪《こら》える。呼び戻してどうなるものでもない。

「彼は？」

誠一が戻ってきた。

「昔の友人」

きっと矢代は誠一との関係を誤解しただろう。たった二週間でもう男のうちに転がり込んだのかと、呆《あき》れているかもしれない。

「友人、か」

バランタインを舐《な》めた誠一は、にっと唇を左右に引いた。

「僕とつき合わないか」

「――――」

唐突な話に、どういう意味なのかと誠一を窺《うかが》う。すぐにぴんとこなかったくらい、意外だったのだ。

「それは――つまり、どこかに一緒に行ってくれってことじゃなく、言葉どおりの意味で？」

冗談めかして問い返したが、いつもとちがって誠一は調子を合わせてくれない。腹の中まで見透かされそうなまなざしを向けられ、尋は笑顔を引《ひ》き攣《つ》らせた。

どうして急にこんなことを言い出すのかと、誠一を責めたい気持ちも湧《わ》き上《あ》がる。うまくやっていたのに、恋愛を持ち込んだらせっかく築いた関係が崩れてしまうのに。

「無理。いくら俺が節操なしでも、パパの孫とじゃ笑い話にもならない」

パパという部分をあえて強調したが、誠一には通用しなかった。

「僕が断られたのは、祖父のせい？　それとも他の誰かのせいかな」

意味深長な言い方に、唇を引き結ぶ。カウンターテーブルに置きっぱなしだった封筒をぞんざいな手つきでポケットに押し込んだ尋は誠一に向き直ると、営業スマイルを浮かべた。

「一番は、あんたのせいかな。俺、自分が霞《かす》むほどのイケメンは好きじゃないから」

「少しも悩んでくれないんだね」

残念そうに肩をすくめられても尋の答えは同じだった。

外見、職業、性格と三拍子揃《そろ》っているうえに金持ちの男になんて、一生のうちに一度会えるかどうかわからない。誠一は、条件としては最高の相手だと言えるだろう。

けれど、条件ではどうにもならないものがある。

――妻は世間一般で言う美人ではなかったが、可愛《かわい》いひとでね。

亡くなった妻を語るときの金沢は初々しく、初恋に夢中になる少年さながらだった。

――はいはい。羨《うらや》ましいですね。大恋愛だったんですか？

誠一にはまだ話していなかった部分だ。あっさり語るにはもったいなくて、特別な日にとっておこうと後回しにした。

——見合い結婚だよ。しかも結婚式当日に初めて顔を見たんだ。

——嘘《うそ》。信じられない。政略結婚的なものだったってこと？

——昔はそういうのもあったからね。でも、大事なのは条件や背景じゃないよ。

金沢はほほ笑み、自身の胸に手を当てた。

——ここがときめくかどうか。自分よりもそのひとを大事に思えるかどうかだ。

夢物語だと、そのときは思った。男女の間でも難しいのに、尋のようなゲイにそんな恋愛ができる可能性はゼロだと。

条件優先で、ときめきなんて長いこと忘れてしまっていた。鼓動はいつも同じ速さで動くもので、自分の胸の奥になにがあるかなんて特に意識してこなかった。

正直にそれを伝えると、金沢は茶目っ気たっぷりにウィンクしてきた。

——私ときみが出会ってこうして話をしているのだって、ちょっと前なら可能性はゼロだって言っただろうね。

誠一から視線を外した尋は、そっと胸に手を当ててみる。鼓動は、同じリズムで刻まれている。

乱れたのは、さっき矢代が現れたときだけだ。

ときめく相手と再会したあとはどうすればいい？

金沢に教えてほしかった。


車からタイヤを取り外し、ディスクローターにセットされているブレーキキャリーバーを真上に引き上げていく。ブレーキパッドを取り外してチェックしてみると、思ったとおりかなり摩耗《まもう》していた。交換が必要だ。

「チカ先輩」

野島《のじま》が近づいてきたのでいったん作業を中断した矢代だが、

「金を返してきたんっすよね。どうでした」

案《あん》の定《じょう》この話だったかと再度手を動かし始める。

「どうって？」

矢代の傍《そば》にぴたりと張りついてきた野島は、興味津々の様子で顔を寄せてきた。

「あいつ、なにか言ってました？　たとえば『申し訳ない』とか『野島には世話になった』的なこととか」

藍川《あいかわ》から余分に振り込まれた金に関して問うた際には、誰《だれ》が受け取るかと息巻いていた野島でも、礼の言葉は欲しかったようだ。

世間一般の感覚からすれば野島のほうが普通だ。だが、藍川は学生の頃から人づき合いが苦手だと言っていたし、当時育ててもらっていた親族に対してもアルバイト代のほとんどを渡していたと聞く。

藍川にとって金銭がもっともわかりやすい気持ちの示し方で、野島に金を渡すことも普通のことなのだろう。

「すぐに帰ったから、おまえの話はしていない」

当初の予定では、ちゃんと話をするつもりだった。もしまだ住む場所が決まってないなら、母親つきでいいならうちに来るかと誘う気すらあったのだ。

しかし、よけいな心配だった。仕事だけでなく住処《すみか》も、相手もちゃんといた。

瞼《まぶた》の裏に、一瞬目が合った男の顔が浮かぶ。直後、胸のささくれを引っ搔かれるかのような気持ちの悪さを覚え、眉《まゆ》をひそめた。

「あー、まあ、そりゃ長居はできないっすよね。あれでしょ？　ゲイバーに勤めてるんっしょ？　あいつ、女装とかしてました？」

そりが合わないというなら聞いてこなければいいのに、出ていったあとも野島はなにかと藍川の名前を出し、罵詈雑言《ばりぞうごん》を並べている。野島なりに心配しているのだとしても、いまは話につき合う気になれなかった。

野島を追い払おうと右手を振ったとき、事務員の仲村《なかむら》に呼ばれる。

「社長、お客さんです」

個人的な来客の予定はなかったので、誰だろうかと怪訝《けげん》に思った矢代は、軍手を外して野島に放った。

「洗浄しといてくれ。ブレーキクリーナーはそっちにある」

そう言うと、矢代自身は整備場を出る。真っ先にシルバーのシトロエンが目に入る。外車に乗っている顧客は何人かいるものの、シトロエンには心当たりがない。

だが、事務所のドアを開けた瞬間、そういうことかと合点がいった。心当たりがないのは当然で、そこにいるのは、たったいま矢代が思い出していた人物だった。

男はにこやかな表情で『金沢誠一』と名乗ると、矢代に握手を求めてきた。

「すみません。手が汚れているもので」

この仕事をしていると、一日に何度軍手を変えても油やグリスまみれになる。爪《つめ》の中まで入り込んだ汚れは業務用のハンドクリーナーを使っても完全に落とすことは難しいため、矢代の手は常に黒ずんでいる。

「初めましてではないんですが——憶えておられますか？　昨夜、『Miel』に尋くんを訪ねてこられたでしょう？　あの場に私もいたんです」

「ええ、よく憶えています」

薄暗い店内でも目を惹《ひ》く男だった。昼間会うとなおさらだ。

身長こそ同じくらいだが、自分とは真逆の男だと言ってもいい。上等そうなスーツに身を包み、言葉遣いにも物腰にも品を感じさせる。現に仲村は、さっきからずっと金沢に見惚《みと》れていた。

「それで、どんなご用件でしょう」

矢代から水を向けると、金沢が事務所の外へいったん目をやった。

「もちろん点検ですよ。腕がいいと尋くんに聞いたもので」

俄《にわ》かには信じがたい。昨日の今日で点検と言われても、他に目的があるのではと疑ってしまう。

「失礼ですが、馴染《なじ》みの店に点検してもらわれてはどうですか」

矢代の提案に、金沢は思案顔になる。

「とりあえず車を見てもらってもいいですか」

その後、事務所の外へと誘ってきたが、車を見せるためではなく仲村を意識してのことだろうと矢代は判断した。

矢代の想像は当たっていて、外へ出て車の傍までやってくると、金沢は悪びれもせずに藍川の名前を出してきた。

「じつのところ、尋くんに聞いたというのは嘘です。封筒に社名と電話番号が印字されていたので、それを見ました」

相槌《あいづち》を返さず、無言で先の言葉を待つ。封筒の社名と電話番号だけで足を運んできたからには、必ず目的があるはずだった。

「彼はいま僕のうちにいます」

なおも黙っていると、反応の薄い矢代を金沢は怪訝に思ったようだ。

「知ってたんですか」

さも意外だと言わんばかりの問いに、仕方なく矢代は口を開いた。

「昨日、藍川から聞きました」

金沢はいったいなにをしに来たのか。点検なんて単なる口実に過ぎないことはわかっている。はぐらかされているような気がして、次第に苛立《いらだ》ちを覚え始めた。

用件を早く言ってくれと急かそうとしたとき、やっと金沢が本題に入る。

「僕は、てっきりきみが昔の恋人なんだとばかり思ってました。きみを見て、尋くんの様子が変わったし、きみはきみでなにか言いたげだったし」

矢代は、金沢にわかるようにため息をついた。

「高校のときのクラスメートです。藍川はそう言いませんでしたか」

けっして短気な性分ではない。しかし、金沢の言動は思わせぶりで、わざと矢代を煽《あお》っているようにしか見えなかった。

「そう聞いてます」

「だったら、どうして疑うんですか」

牽制《けんせい》するために来たというならお門違《かどちが》いだ。たとえ矢代がなにを考えていようと、藍川にも金沢にも言えることはない。

「確かにその通りですね」

金沢がふっと口許《くちもと》を綻《ほころ》ばせる。

「本当は、一応きみに断っておこうと思って来たんです。まだ未練があるなら、僕のライバルになるので」

矢代はこめかみの痙攣《けいれん》を感じつつ、眉間の皺《しわ》を深くした。

「用件がそれだけならお引き取りください」

半身を返し、そのまま足を進める。車のドアの閉まる音が耳に届いても振り返らず、整備場へ戻った。

「あの客、チカ先輩の知り合いっすか」

外を覗《のぞ》いたらしい野島が、やや興奮ぎみに問うてくる。

矢代もまさか野島が金沢を知っているとは思わず、少なからず驚いた。

「前に藍川さんがシトロエンに乗り込むところ、ちょうど見たんすよね。相当な男前じゃないっすか。金持ちなうえにあんないい男なんて、完璧っしょ。よっぽどすげえテクを持ってるとしか思えねえ」

自分で口にしておいて、なにか想像でもしたのか野島が鼻に皺を寄せる。

「で？　その彼氏がなんでチカ先輩のところに？」

釣られてうっかりしなくていい想像をしてしまった矢代は、即座に不快な映像を頭から振り払い、舌打ちをした。

「俺が知るか」

ようするに、釘《くぎ》を刺しにきたのだろう。藍川はもう自分とつき合っているからおとなしく身を退《ひ》けと告げるために、わざわざここまでやってきたのだとすれば、勘違いもいいところだ。

「なに突っ立ってる。仕事しろ」

八つ当たりと承知で野島を叱《しか》り、矢代自身は中断していた作業に戻る。洗浄はすませてあったので、新しいブレーキパッドの装着にかかった。

「俺、なにかしました？　チカ先輩、機嫌悪くねえっすか」

離れた場所から野島が恐る恐る声をかけてきたときも仕事の手は止めず、うるせえと一言返した。

ブレーキパッドの交換作業を終えたとき、なにげなく矢代はオイルに濡《ぬ》れて黒くなった自身の手を見た。爪の間や掌紋《しょうもん》にまで汚れが染みつき、洗っても汚れが取れない箇所もある。あの男の綺麗《きれい》な手と比べるまでもない。

野島の言うとおり、金沢は完璧な男なのだろう。金持ちで、男前で――そんな完璧な男を捕まえたのだから、確かに藍川はすごい。旧友としては、よかったと喜ぶべきだ。

そう思うのに、胸のささくれはいっこうになくならない。むしろ、前より強く引っかかれているような心地になってくる。

嫉妬《しっと》だ、と矢代は認めるしかなかった。

十年前の自分は、藍川のことが気になってたまらなかった。最後の別れ方のせいでずっと引っかかっていたのだと思ったが、どうやらちがったらしい。いや、本当は当時から心のどこかで気づいていたのだ。

気づかないふりをしていただけで。

それなのに、まだぐだぐだと足搔《あが》いている自分のみっともなさには嫌気が差す。自分の手から視線を外すと、矢代は次の仕事に取りかかった。

5

「ピンクレディお願いしま～す」

客の注文を受けたスタッフが、カウンター席に肘《ひじ》をついて腰を突きだすような姿勢で尋に告げてくる。ちょっとした場面で自分がより魅力的に見えるかを常に意識しなければならないボーイは大変だと、若い頃に経験ずみの尋は同情しながら笑みで応えた。

成績がそのまま月収に比例するので、ボーイ同士たまに客を奪った奪われたと揉《も》めている場面を見かけるときがある。その点、バーテンダーは固定給なので楽だった。

「尋、ちょっといい？」

ピンクレディのグラスをカウンターテーブルにのせた尋に、バックヤードから顔を覗かせたオーナーの島崎《しまざき》から声がかかった。

カウンターを出て、島崎とともに裏へ入っていく。スタッフルームと事務室等の並ぶ通路の奥まで進み、島崎が個人で使っている部屋へ足を踏み入れた。

「どうかしましたか？」

この間に注文が入ったらと店を気にしながら、難しい顔をしている島崎を窺う。島崎はソファにどさりと腰かけると、口髭《くちひげ》を指先で擦《こす》った。

「尋に頼みがあるの。ほんとに困っちゃって」

いったいどんな頼みなのか知らないが、島崎が困っているというなら自分にできることはなんでもするつもりだった。仕事を与えてくれたし、昔のよしみというのもある。

「なんですか？　俺でよければやりますよ」

尋がそう答えると、島崎の表情に安堵《あんど》が浮かんだ。本気で困っていたのだろうと、その様子だけでも察せられる。

「じつはね、知り合いのパーティにうちの椿《つばき》ちゃんがお手伝いに行く予定になっていたの。でも、椿ちゃん、今日お休みじゃない？　代わりに尋に行ってもらえたらすごく助かるのよ」

ボーイの代わりにパーティの手伝いに行くこと自体はなんの問題もない。

「いいですけど、バーテンダーの仕事はどうしますか？」

シェーカーが振れるのは尋以外では島崎ひとりだ。

「私がやるから大丈夫」

島崎もそのつもりのようで、尋にあらかじめ用意されていたメモを渡してきた。

「ここに行ってくれる？　先方には伝えておくから。すぐにタクシーを呼ぶわ」

バーテンダーのままの衣装でいいと急《せ》かされ、準備の必要もなく大雑把《おおざっぱ》な説明だけ受けてバックヤードを出た尋は、まもなくやってきたタクシーに乗ってメモに書いてあった住所に向かう。

繁華街の外れにあるビルの地下一階が目的の場所だったが、島崎から教えられたのは主催者の名前と、参加者は男女合わせて十名程度の内輪のパーティということのみだった。

島崎の知人らしいが、互いに職業等はあえて聞いていないという。プライベートを詮索《せんさく》し合わない主義だからと島崎は言ったが、特にめずらしくはない。ゲイという特殊なコミュニティの中では、肩書きを偽ったり秘密を抱えたりする者は大勢いる。

目的地であるビルの前でタクシーを降り、狭い階段を使って地下に向かう。急勾配《きゅうこうばい》なうえに足許が薄暗く、まるでお化け屋敷にでも入るかのような心境になった尋を、ガードマンよろしく立っているスーツ姿の男が迎えた。

『Miel』と島崎の名前を告げると、男が防音扉を開けて中へ通してくれる。受付にもひとり男がいたが、呼び止められることなく奥へと進んでいった。

ドアを開ける前から、音楽が漏《も》れ聞こえていた。

参加者は若者のようだと、激しいリズムを耳にして予想しながらドアノブを引いた。

覚悟を決めて耳をつんざく音の中に入っていった尋は、その場で一度足を止めてパーティ会場内を見回した。

もともとはイベント会場なのか、それともサロンのような場所なのか、広いワンフロアの中央に大きな円形テーブルがあり、その上には赤いキャンドルと食べきれないほどの料理や酒が所狭《ところせま》しと並べられていた。二人掛けの、いわゆるラブソファがいくつか置かれ、着飾った男女、もしくは同性同士が淫靡《いんび》な雰囲気で会話を愉しんでいる。絨毯《じゅうたん》に座って脚を投げ出している女性はドラッグでもきめているのか、目がとろんとしていて、すでに酩酊《めいてい》状態に見えた。

一方で、平然とシャンパンを飲みながら談笑している者たちもいて、そのちぐはぐな光景は一種異様な感じだ。

「あー、来た来た」

シルクシャツの胸元を開いた巻き毛の男が、尋を見つけて傍に寄ってきた。いきなり尋の肩に馴れ馴れしく腕を回してきた主催者だろう彼は、会場内にいるみんなに向かって声を上げた。

「今日のメインディッシュ。『Miel』のバーテンさんが来てくれたよ」

この台詞《せりふ》で、尋は疑念を覚える。島崎は、休んでいるボーイの代わりだと言っていた。主催者らしい男の口ぶりからはそんなニュアンスは感じられない。

どうなっているのかと尋が主催者を窺うと、耳元に顔を寄せ、昂奮《こうふん》した声で囁《ささや》いた。

「来てくれて嬉しい。あんたのシェーカー振る姿がエロくてさ」

「――――」

島崎に一杯食わされたことに気づく。代役ではなく、初めから先方は尋を指名していたのだ。なんのためなのか、思案するまでもない。

自分の意思だったり無理やりだったり、そのときによってちがったが、過去にも何度かこういうパーティに参加したことがある。思い出したくもないようなひどい目にも遭ったが、今度も給仕ではすまないだろう。

「ショーに参加したいひと！」

無邪気に参加者を募る主催者に、みながくすくすと笑いだす。

いくつもの好色な目を浴びて、尋は唇を噛《か》んだ。

パーティの手伝いと聞いて普通の給仕だと思った自分の警戒心のなさに腹が立つ。もう無茶はしないといくら自分で決めていたところで、ゲイバーに勤めていればこういう事態もありうるというのは、わかっていたはずだ。

騙《だま》された自分に腹が立ち、男の腕を肩から外す。

「なになに。なんか怒ってる？」

馬鹿《ばか》みたいな顔で問われ、当たり前だと思いながら笑顔を作った。

「トイレに行かせてほしいんですが」

拒絶されるのは承知で頼んでみる。苛立ちを隠して、秋波《しゅうは》さえ送ってみせた。会場を出られれば逃げ出すチャンスがあると考えたからだが、彼は尋の申し出をあっさり却下した。

「おしっこ？　ここですればいいよ」

「…………」

冗談じゃない——通常なら胸倉を摑《つか》んで張り手のひとつも入れているところだ。が、いまはそれを実行していいかどうか、思案するまでもなかった。

主催者の男はふたたび尋の肩に腕を回してくる。

「なんだよ。手を上げる奴《やつ》いないの？　みんなまだ飲みが足りないか。じゃあ、誰も立候補しないなら最初に俺がやっちゃうから、途中で参加してきて」

言い終わる前に、我が物顔で上着の釦《ボタン》を外し始める。

「よせ」

抵抗しても無駄と承知で振り払うと、オーバーな身振りで主催者が両手を開いた。

「ああ、そういう趣向もいいね。逃げる子羊を追いかける狼《おおかみ》って？」

下卑《げび》た笑みを浮かべる。酒のせいかドラックのせいか額にうっすら汗を搔き、両目は充血していて、昂奮していることは明らかだった。

見られて感じるタイプらしい。

周囲の人間も同じだ。みなの顔が期待と昂揚で赤らんでいる。たとえ運よく会場を出られたとしても、入り口にはガードマン役の男がいる。ハイになっている奴らを相手に下手に抗《あらが》って怪我《けが》をするより、さっさとすませたほうが得策だ。

大きく息をついた尋は、しょうがないと腹を括《くく》る。

「狼？　駄犬の間違いだろ？」

尋の揶揄に、あははと男が声を上げて笑った。

「駄犬かあ。初めて言われた」

喜ばせる気はなかったのに、男は何度も唇を舌で舐める。

「まあ、いいや。あんたには高い金払ってんだから、愉しませてよ」

そう言うや否や、部屋の奥へとアイコンタクトを送った。すぐに彼に歩み寄ってきた部下らしき男からアタッシュケースを受け取ると、いっそう淫猥《いんわい》な目で尋を見てきた。

「なにが入ってると思う？」

問われるまでもない。見なくとも想像がつく。

この手のパーティを主催するのは初めてではないのだろう、男は慣れた手つきでアタッシュケースを開くと、ぐるりと回して尋に中身を示した。

「――いい趣味だな」

手錠《てじょう》に、革の鞭《むち》。猿轡《さるぐつわ》。グロテスクな形をしたディルド。エネマグラ。ローター。どれも一度は経験ずみなので驚きはしないが、不愉快なものにはちがいなかった。

「シャツを脱がして手錠かけろ。ひどくするなよ」

忠実な部下は紳士ぶった主人の命令を受け、尋のシャツとズボンを剝《は》ぐと後ろ手に手錠をはめる。尋は、早く時間が過ぎることだけを祈りつつ、気持ちを切り離《し》した。

鋏《はさみ》で下着を切り刻まれ、衆人の目に全裸を晒《さら》し、あられもない格好を強いられようと羞《しゅう》恥心《ちしん》はまったくない。ようは、学生時代に受けていた無視や揶揄と同じようなものだ。みなはひとりをターゲットにして愉しみ、仲間意識を持つ。罪悪感はない。なぜなら、そうされて当然の人間だから。

ゲイだから無視されるのはしようがないと、あの頃は尋自身思っていた。

「ほら、もっとケツ上げて」

テーブルに上半身をのせた格好で、剝《む》き出《だ》しの尻《しり》を叩《たた》かれる。

「うぅ……」

エネマグラが食い込み、猿轡を嚙まされた口から思わず声と唾液《だえき》が漏れると同時に内腿《うちもも》が痙攣した。

「たまんないな。びしょびしょじゃん」

上擦《うわず》った声で囁かれたかと思うと、強引にエネマグラが抜かれた。息をつく間もなく男の一物が挿入され、容赦なく突き上げられた。

「う、う、う」

「すごい締まり。最高」

男は咆哮《ほうこう》を上げて達する。荒い呼吸をしながら尋の体内から去ったかと思えば、次の男とバトンタッチした。さっきは誰も手を上げなかったのによほどショーが気に入ったのか、ふたり、三人と続けて受け入れる。

尋は揺れる視界に映ったキャンドルの火を眺めつつ、べつのことを考えていた。

――あのとき、矢代は厭ではなかったのだろうか。

尋のせいで自分にまで火の粉が飛んできたとき、矢代はまったく弁明しなかったという。あらぬ噂を立てられても知らん顔を貫き、みなの好奇の視線の中、尋とも普通に接してくれた。

どうしてなのか。みなから浮くのは誰でも怖いはずだ。しかも矢代の場合は、尋とはちがい正当な理由がない。俺は通りかかっただけで無関係だと一言言えば、誰も矢代を疑う者なんていなかっただろう。

でも、矢代はそうしなかった。

「うぉ、お」

背後で男が呻《うめ》いて達する。何人目なのか、途中から数えるのをやめたのでもうわからなかった。

永遠に思えたものの、どうやら二時間程度だったらしい。気がつくと、尋はひとりで冷たい床に寝転がっていた。

周囲からは獣じみた息遣いや声が聞こえてくる。乱交になったおかげでやっと解放されたようだ。夢中で交わる者らを尻目に衣服を身に着け、隙《すき》を見て会場を抜け出した。ガードマンに止められるかと思ったが、役目が終わったせいか特になにも言われず、痛む身体《からだ》を引きずるようにして地上に戻ったのだ。

外の空気を吸うと、生き返るような気がした。そうなると、なおさら自分の汚れや匂いが気になってくる。これでは電車もタクシーも使えない。

「くそ。むちゃくちゃやりやがって。言っとくけど、俺は見た目ほど若くないんだ。来年、三十になるんだぞ」

真夜中の街を歩きながら、ひとり毒づく。

愛車のチェロキーは『Miel』の近くのパーキングに停めてある。徒歩でどれくらいかかるか考えるとぞっとする。

「しかも久しぶりだったんだ。ちょっとは手加減しろっての」

腰に手をやり、なんとか足を前に出す。立ち止ってしまったら二度と歩けなくなるような気がした。

「……最悪」

そのうち口を開くのも億劫《おっくう》になってきて、よけいなエネルギーを使うまいと黙々と足を動かしていった。

必死で耐えたが、早々に身体が悲鳴を上げる。誰か迎えにきてくれないだろうかと考えて真っ先に頭に浮かんだ顔に、尋は小さく唸《うな》った。

未練がましいにもほどがある。それ以前に、こんな姿は絶対矢代に見られたくない。

誠一なら、見て見ぬふりをしてくれるだろう。尋が断れば、深く追及してこないはずだ。

いよいよ歩くのも限界で、ポケットから携帯電話を取り出した。

履歴を開くと、そこに並んだ番号に目を落とす。疲労のせいか、頭も視界もぼんやりしてどれが誠一の番号なのか、探すのに苦労する。

『金沢さん』を見つけたが、『誠二』の名前がない。登録していなかったことを思い出し、数字のみが並んでいる箇所を選んでプッシュする。

三回ほど鳴ってから、発信音が途切《とぎ》れた。

「ごめん。いま家？　もし時間あるなら迎えにきてくれないかな」

できる限り、明るい声で頼んだ。けれど、疲労感は拭《ぬぐ》いきれなかったかもしれない。電話の向こうから息を呑む気配が伝わってきた。

「あ、べつにたいしたことない。ただ、ちょっと疲れてて」

重ねて言い訳を口にした尋は、直後、自分の過《あやま》ちを知った。

『なにかあったんだな』

誠一の声ではない。この声は――矢代だ。

『いますぐ行くから、場所を教えてくれ。いまどこに――』

即座に電話を切る。なんでという疑問は、あっさり解決した。よく確認もせず履歴から番号を選んでかけてしまったせいで、Yクラフトにかけてしまったらしい。よりにもよって矢代本人が出てしまったというオチだ。

Ｙクラフトには、点検を頼むときに一度かけている。

「びっくりした」

自分のうっかりミスを笑い飛ばし、今度は間違えないようにと携帯電話を見たとき、いきなり震え始めて落としそうになった。

たったいま尋がかけてしまったＹクラフトの番号からだ。出ないでいるとやがて着信音がやむ。ほっとする間もなく再度またかかってきて——結局、その後も携帯電話は震え、四回目のときにやむなく尋は出た。

『どこにいるんだ』

携帯越しに矢代の苛立ちが伝わってくる。

「ごめんごめん。金沢さんにかけるつもりだったんだけど、間違えたんだ。なんでもないから、切るな」

一方的に口早に言い、すぐに電話を切った。矢代をごまかすのは難しいとわかっているからだ。

矢代が聡《さと》い以上に、尋自身、矢代には嘘がつけない。口でいくら嘘を並べようと、感情が漏れ出してしまうらしく、うまくごまかせたためしがない。

すでに誠一に電話する気はなくなっていて、携帯電話の電源を落としてポケットに戻すと、鉛《なまり》でもぶら下がっているかのような脚をなんとか叱咤《しった》して、前へと進める。

身体じゅう軋《きし》みを上げていたが、数分もたつ頃には誠一に連絡しなかったのは正解だと思えてきた。いくらなんでもこの状況を見たら、誠一も不快になるだろう。尋にとっては、過去に何度か経験したなんでもない出来事であっても、普通の人間からすればやはり異常行為にはちがいない。

誰にも見られずにすんだのだから、番号を間違えてよかったと思うことにした。

見慣れた界隈に辿り着いたときには心底ほっとした。普通なら一時間足らずの距離を、倍の時間をかけてようやくパーキングが見えてきた。

腰から下は痺《しび》れて感覚はほとんどなくなっていたし、頭痛はひどいしで、自分でもよく歩いたものだと感心しながら尋はパーキングに停めたチェロキーのドアを開けた。

運転席に文字どおり倒れ込み、ドアを閉める。指先や足の爪先が冷え切っていることに、身体の力を抜いてから気がついた。

シートを斜めに倒して、自分の肩を抱く。

「あー、くそ。散々な目に遭った」

ひとを好き勝手に扱ったあの糞《くそ》どもには腹が立つが、すぐに忘れてやる。いままでも、他言できないような行為は記憶として残っていても、相手の顔なんて憶えていなかった。今回も同じだ。

寒さから身体を縮こまらせ、上着の前をぎゅっと両手で合わせる。横を向いた尋の視界に、外の景色が入ってきた。雲のない夜空にはまるで尋の状況を嘲笑《あざわら》うかのごとく星が瞬《またた》いている。満月に近い月も、くっきりと明瞭《めいりょう》だ。

どこからか、はしゃぐ声が聞こえてくる。酔っ払いでもいるのかと思えば、どうやらカップルらしい。

尋の車のすぐ近くをふたり連れが身体をくっつけ合って通り過ぎていった。

「いまからホテルか。それとも家か。ふたりでいちゃいちゃしてあったまろうって？」

他人の幸せほどムカつくことはない。こっちはせっかくありついた仕事がこの有り様で、明日からまた就職活動に奔走《ほんそう》するはめになったのだ。

「どうか男のチンコが勃《た》ちませんように」

車中で呪《のろ》いの言葉を吐き、ざまあみろと笑ってやった。

しばらくすると眠気が襲ってきて、瞼を閉じた。このまま眠ったら風邪《かぜ》を引きそうだと思ったが睡魔には抗えず、うとうととする。

本格的に寝そうになった尋を起こしたのは、窓を叩く音だった。どんと誰かが窓を叩いてきたせいで、その衝撃に尋はびくりと身体を跳ねさせた。

目を開けると、窓の外に矢代の顔が見える。寝惚《ねぼ》けているのかと疑ったが、再度窓を叩かれ、

「開けろ」

同時に強い口調で命じられ、わけのわからないままドアのロックを解除した。

「なにがあった」

矢代はひどく機嫌が悪い様子だ。怒っているように見える。尋の様子を目にしてなにがあったか察したようだ、瞬時に顔を強張《こわば》らせる様子が月明かりでも確認できた。

「――なんで、ここに？」

尋の質問も火に油を注ぐ結果になり、ただですら怖い顔がいっそう険しくなる。当然質問に対する答えは返ってこなかった。

「俺の車に乗れ」

それだけ言ったかと思えば、尋の返答も待たずに実行に移す。言葉も行動も強引だが、尋の身体を案じてだろう、支えてくれる腕は慎重だ。

抵抗する気力も体力も残っていなかった尋は、途端に自分が情けなくなった。

こんなときに気遣いは無用だ。優しくなんてされたくないし、放っておいてほしかった。だから矢代には知られたくなかったのだ。

「じゃあ、悪いけど適当なホテルにでも送ってもらえる？　金沢さんちに戻ったら、きっとびっくりすると思うし」

わざと誠一の名前を出した。

矢代は今度も返事をしない。無言で尋をYクラフト社名の入ったワゴン車の後部座席に横たえると、自身は運転席におさまった。

本音をいえばいますぐ車から飛び出したかったが、いかんせん身体が言うことを聞いてくれない。きっと数メートルもいかないうちに足が縺《もつ》れて醜態をさらすはめになる。

「病院に行く」

思いがけない言葉に仰天し、尋は冗談じゃないと上半身を起こした。

「病院なんて大袈裟《おおげさ》だし、俺に恥をかかせたいのか」

無茶な行為に疲労困憊《ひろうこんぱい》しているし、痛みもあるが、怪我をしたわけではない。一晩寝れば元通りになる程度で、医者に行けば恥ずかしい思いをするのは尋自身だ。

「どうしてもっていうなら、俺は降りる」

ドアレバーに手をかけると、前方を睨《にら》んだままだった矢代が振り返り、すぐさま止めてきた。険しい顔で絞り出すように「わかった」と言うと、また前を向く。

「けど、ちょっとでもおかしいと思ったら病院に行くぞ」

矢代なりの譲歩だろう台詞に頷き、肩で息をした尋は、ふたたびシートに身を預けた。

「それより、すごいじゃん。どうしてここに来るって思った？」

あくまで軽いノリで切りだす。車中でふたりきりという状況が息苦しかったし、こんな姿を見られてしまったせいで半ば自棄にもなっていた。

「あんな電話でごまかされると思うか。なにかあったとわかったから、バーに行ってみた。オーナーは出張だと言っていたが、胸騒ぎがしたからパーキングに寄ってみた。戻ってくるまで待つつもりだったのに、おまえが車で横になってるから——」

馬鹿野郎と小さく吐き捨てたのが耳に届く。

そっくりそのままの言葉を矢代に返したかった。

普通は出張だと言われれば信じるものだ。恋人ならまだしもただの旧友に対して、胸騒ぎを感じたからといってわざわざ夜中に何十分も車を運転して駆けつけるなんて、矢代こそ馬鹿野郎だろう。

はは、と笑う。

「笑うんじゃない」

矢代が厳しい口調で制してきたために、尋の笑い声はひどくむなしく響いた。

「おかしくもないのに、笑うな」

「——」

きっぱりと迷いのない矢代の言葉は、いつも胸を抉《えぐ》ってくる。痛くて、苦しくて耳を塞《ふさ》ぎたくても許してくれない。

でも、笑う以外にどうすればいいのか、尋にはわからなかった。

「いや……やっぱりおかしいだろ。いい歳してまさかこんな目に遭うなんて。昔はさ、いまより若くて綺麗だったし——あ、いまが汚くなったってわけじゃないから。そのへんの若い奴より俺のほうが美人だろ？　って、それはさておき、いろいろやったんだけどさあ。３Ｐはもちろん、同時に何人相手にしたか数えきれないってときもあったし、ＳＭショーに出たこともあった。ああ、そう。笑えるのがさ、ショーで俺を責めた奴が裏ではじつはＭッ気があることがわかって、あとからねだられて大変だった。あ、あと、まな板ショーやったときなんて」

「黙ってろ」

自分でもべらべらと喋り過ぎているという自覚があったものの、いったん口火を切ると、黙れと言われたくらいではやめられない。矢代が一緒に笑ってくれないことには、口を閉じる気にはなれなかった。

「いいから聞いてくれって。面白いんだから。まな板ショーで相手役を務めた男なんだけど」

「藍川」

「なんか顔にかかってくるなって思ってたら、なんと昂奮しすぎて鼻血出したんだよ。ちょっとしたスプラッターで大変。なのにそいつ、鼻血出しながらもがんがん腰使ってきて、俺はもうそいつの血とザーメンでどろどろ」

思い出して、尋は吹き出した。顔は憶えてないので、のっぺらぼうが自分の上で腰を振りながら血とザーメンを振りまく場面は滑稽《こっけい》で、この話をするとたいがいの者は爆笑してくれる。

「なにがおかしい」

ばん、と矢代がハンドルをこぶしで殴った。

驚いて運転席を窺った尋に、矢代は怒りで掠《かす》れた低い声で吐き捨てる。

「俺が聞きたいのは、おまえが過去にしてきたことじゃない。いま、俺になにをしてほしいかだ」

「――な」

なにをってなんだよ。笑いながらそう答えるつもりだった。けれど、自分で思う以上に矢代の言葉は衝撃的だったらしく、頬《ほお》が引き攣るばかりでうまく笑えなかった。

先刻、切り離した感情が戻ってくる。笑うなと矢代に叱られて、もしかしたら自分は傷ついているのかもしれないと思った。

島崎に騙されたこと。望まない行為を強いられたこと。

騙されるのも強要されるのも初めてではないが、そのたびに自分をごまかしてきたのかもしれない。こんなこと笑い話みたいなものだ、と。

「ここで待ってろ。すぐ戻ってくる」

黙り込んだ尋に、矢代は一言残して車を降りる。尋が問う間もなく、矢代の後ろ姿はすぐに暗闇にまぎれて見えなくなった。

いったいどこになにをしにいったのか、怪訝に思った尋は次の瞬間、矢代の目的に思い当たった。なぜすぐに気づかなかったのか、自分の鈍さに腹が立つ。

矢代ならどうするか。

尋は転がる勢いで車を出た。気力体力ともに限界だったが、悠長にしている場合ではなかったので小走りで追いかけた。

『Miel』のドアを開け、他の客を無視してまっすぐバックヤードへ向かう。近づくと、微《かす》かに言い争う声が漏れ聞こえてきた。薄くドアを開けた尋の目に、矢代の背中が入ってくる。怒りのために、広い肩が上がっていた。こぶしも震えている。

「いいかげんにしろ。藍川が望まないことをさせておいて、なんて言い草だ！」

矢代が声を荒らげたところを初めて見た。不機嫌な顔をしても、どんなに青筋を立てたとしてもけっして恫喝《どうかつ》せず、怒鳴《どな》らず——感情を剝き出しにする矢代なんて想像すらしていなかった。

「だから……仕事だって、言ってるでしょ。尋だって、ちょっと目を瞑《つむ》っとけばお小遣いが稼げていいんじゃないの」

矢代の剣幕に怯《おび》えているものの、オーナーとしてのプライドがあるのか島崎は反論する。普段の尋なら島崎と同じことを言ったにちがいない。

「ふざけるなっ。あいつをなんだと思ってる！」

でも、いまはちがう。自分のために店に怒鳴り込んでくれた矢代を前にして、いかにいままで虚勢を張ってきたか気づかされる。

こんなことなんでもない。すぐに忘れる。そう自分に言い聞かせていたのは、傷つきたくなかったからだ。

「なにそんなに怒ってるのよ。たとえ無理やりだったとしても、いまさらでしょ」

ふんと、島崎が顎《あご》を上げた。

矢代の肩がいっそう怒ったのが見え、尋は勢いよくドアを開けた。

「矢代！」

矢代の振り上げたこぶしを身体で止めに入る。振り払われても渾身《こんしん》の力でしがみついた。

「いいから！　殴っちゃ駄目だ」

尋に気づいた矢代は、眦《まなじり》を吊《つ》り上《あ》げる。

「こんな奴を庇《かば》うのか」

「そうじゃない。矢代だ！　こんな奴殴って矢代が訴えられでもしたら、俺、どうすればいいんだよっ」

懸命な説得が功を奏したのか、矢代のこぶしは振り上げられた位置で止まった。なおも不安で押さえていたが、動くことはなかった。

「わかった。殴らない」

矢代が腕を下ろす。

「けど、訴えられるのが厭だからじゃない」

島崎を睨んだまま、きっぱりと言い放った。

「藍川が殴るなと言うからだ。それに、訴えて困るのは、俺以上にあんたのほうだろう」

矢代の言うことは正しい。島崎が今夜尋にさせたような仕事を受けたのはきっと初めてではないだろう。捜査の手が入れば店も島崎も無傷ではすまないのだから、おとなしくしておくほうが得策だ。

それでも、矢代が巻き込まれたらと思うと、背筋が寒くなった。

「帰ろう」

尋は、矢代の腕から手を離さずに外へと促す。

数歩進んだところで、背後の島崎がぼそりと吐き捨てる声が耳に届いた。

「どうせ汚れきった身体のくせに」

次の瞬間、矢代が身をひるがえした。無言のまま、躊躇《ちゅうちょ》なく島崎の顎に一発こぶしを叩き込む。

「ぐぁ」

鈍い音がして、後ろに仰《の》け反《ぞ》った島崎が勢いよく尻餅をついた。あっという間の出来事で、今度は止める間もなかった。

島崎は抗議してくるかと思えばダメージが大きかったらしく、両手で顎を庇い、わけのわからない悲鳴を漏らしながらなんとか逃げ出そうと尻で後退《あとずさ》りしている。

矢代はその姿を見下ろして一度ぶんと腕を振ると、ふたたび尋のもとへ戻ってきた。

「悪い。我慢できなかった」

謝ってくれた矢代に、尋はかぶりを振るのが精一杯だ。

店を出てパーキングに向かう間も、矢代の怒りがおさまっていないことは尋の手にダイレクトに伝わってきた。ずっと腕の筋肉がぴくぴくと痙攣していて、矢代が必死で抑えているとわかり、思わず苦笑した。

「笑うな」

車の中でも言われた言葉をまた言われ、尋はそうじゃないと睫毛を震わせる。おかしくて笑ったのではなく、笑わなければ泣いてしまいそうだったのだ。

「いまのはちがう。俺、どうやら矢代が怒ってくれたこと、嬉しいみたいだよ」

自分が傷ついているのかどうかすら気づかないような尋のために、震えるほど怒ってくれる人間などこの世に矢代ひとりだろう。それが、嬉しかった。

パーキングに着く。腕から手を離した尋の髪をくしゃりと撫《な》でた矢代は、なにか言いたげな様子でじっと尋を見つめてくる。

――ここがときめくかどうか。自分よりもそのひとを大事に思えるかどうかだ。

ふいに金沢の言葉を思い出し、心臓を鷲摑《わしづか》みにされたかのような疼痛《とうつう》を覚える。胸が高鳴り、息苦しくなる相手は昔から矢代ひとりだが、もう引き返せないところまで来たらしい。

いや、再会したときからわかっていた。

初恋の相手をまた好きになるだろう予感はすでにあったのだ。

「――藍川」

傍にいたらきっと鼓動を聞かれてしまう。あの頃みたいにまた拒絶されたら――焦った尋は、矢代から離れて自分の両腕を擦った。

「寒い。早く車に乗ろう」

矢代が息をつく。

「そうだな」

先刻と同じく尋が後部座席に、矢代が運転席に乗り込むとワゴン車はすぐに発進した。ふたりきりの車内はさっきまでとはちがい、終始和やかな雰囲気だった。

「俺の愛車、どうしよう」

助手席に座っていたらこうはいかない。胸の疼痛は続いていたが、運転席と後部座席の距離が尋をリラックスさせた。

認めるしかない。自分のために怒ってくれる姿を見たとき、矢代を好きになってよかったと心から思えたのだ。あきらめて、とことん初恋の相手を引きずるのもいいだろう。

「藍川の車は、明日野島に取りに来させる」

「うわ〜、野島、文句言うだろうな」

「あいつはそもそも文句が多いんだ」

「だってあいつ、昔から矢代大好きだもん。割り込む奴はみんな敵なんだろ」

他愛のない話をして、笑い合う。誰より大事だと思える相手がいる人生は、もしかしたら幸福かもしれないと柄にもないことを考えながら。

「厭な言い方するな」

「だって、本当のことだから。知ってるか？　あいつ、昔彼女に『矢代先輩と私とどっちが大事なの』って迫られたらしいよ」

聞く彼女もどうかと思うが、答えを迷ったという野島につける薬はない。ずっと矢代の金魚の糞《ふん》で彼女に逃げられ続ければいい。

「その話はしないでくれ」

矢代がひどく厭そうに喉《のど》で唸《うな》ったので、尋はぷっと吹き出した。

まもなく車が徐行する。着いた先は、矢代の家だった。

躊躇する尋を矢代は強引玄関へ連れていく。もう母親は寝てるからと言われても、やはり戸惑うのは当然だった。

玄関の前にプランターが置いてあるような普通の家なのだ。ドアの中に入ればちゃんと生活の匂いがして、尋は不審者のごとくそわそわしてしまう。

「風呂に入ってくるといい。着替えは用意しておくから」

矢代の気遣いをむげにする気はなかったので素直に礼を言い、教えられたバスルームへ向かった。

あたたかい湯に浸かっていると、ようやく人心地つく。衣服で隠れていた場所は自分で思うより痣《あざ》だらけになっていて、とても正視できなかった。きっとこれまでの自分なら文句を言いつつ仕方がないとあきらめただろう。矢代のおかげで、自分の身に起こったことが異常だと、傷ついていいことだと認識できた。

反面、落ち込むほどでもない。それも矢代が怒ってくれたおかげだ。島崎を怒鳴り、殴ってくれた矢代を思えば、風呂以上にあたたかくなる。

「着替え、ここに置くぞ。俺のだから、少し大きいかもしれないが」

摺りガラスに矢代のシルエットが映る。

「あ、ああ、ありがとう」

どきりとして、返答する声が上擦った。矢代がその場をなかなか離れないので、浴槽から出るに出られずのぼせてくる。

「藍川。おまえ、しばらくうちで暮らさないか」

誠一のマンションに厄介になっているという話は矢代にもした。だから、どういうつもりでそう言うのか、矢代の真意を図りかねて尋は返答を躊躇《ためら》った。

「うちにいてくれ――じゃないと、気になって仕事が手につかなくなる」

いや、どういうつもりでもいい。矢代にこれほど気にかけてもらえて、厭だと拒絶できる奴がいたら会ってみたい。

「――矢代、そこ退《ど》いて！」

このままでは本当にのぼせてしまいそうで、顔を真っ赤にした尋は勢いよく浴槽から立ち上がった。

「じゃないと、風呂から出られない。矢代のうちに住むなら、俺、ゲイだからそういうところ気を遣ってもらわないと」

他人になら尻までさらしても平気だが、矢代には上半身を見られるのも恥ずかしい――とは言えないぶん、自分でも呆れるような返答をしてしまう。だが、とりあえず尋の返答は正確に伝わったようだ。

「あ――そうか。そうだった。明日から気をつける」

摺りガラスに映った矢代のシルエットが消える。肩の力を抜いた尋は、締まりのない顔をしているのではないかと自分の頬に両手をやった。

舞い上がり過ぎだというのはわかっている。世の中そううまくいくわけがないと疑う気持ちもちゃんとある。

でも、少しだけ。ほんの数日一緒にいるくらいなら――ちょっとだけ夢を見るくらいなら、と自分に言い聞かせ、矢代のパジャマを借りて浮ついた気持ちでバスルームを出た尋だったが、早くも最初の現実にぶつかった。

「あら、こんな格好でごめんなさい。知佳《ともよし》のお友だち？」

眠っているはずの母親が立っていたのだ。トイレにでも起きたのか、尋を見ると欠伸《あくび》を噛み殺し、笑顔で応じてくれた。

「え、あ……は、はいっ」

狼狽《うろた》えたのは尋だ。慌てるあまり、しどろもどろになる。

「母さん」

矢代が現れて助け舟を出してくれたおかげで走って逃げずにすんだが、きっと変な奴だと思われたにちがいない。

「友人の藍川だ。しばらくうちにいるから」

矢代の言葉を受けて、ぴっと背筋を伸ばす。

「よろ、よろしく、お願いします」

腰を九十度折った尋に、母親は朗らかに笑った。

「まあ、いいのよ、そんなに畏《かしこ》まらなくても。野島くんなんて、知らないうちにそのへんにいたりするから。この子の友だちはみんなそんな感じだから、遠慮しないで」

ピンクのパジャマ姿の母親は、矢代を産んだ女性だけあって懐が深い。突然自宅に風呂上がりの見知らぬ男がいても、まったく動じず気持ちよく接してくれた。

感激した尋は、再度頭を下げた。

もういいからと矢代に引っ張られなかったら、いつまでもそうしていたいくらいだった。

「いいお母さんだな」

二階に上がって部屋に入ったあとそう言うと、照れくさそうに矢代が頭を掻く。照れる姿も新鮮だ。仏頂面のイメージが強かったのは、矢代の笑顔は自分には向けられないものと決めてかかっていたせいもあるのだろう。

「俺も風呂に入ってくるから、ゆっくりしててくれ」

「あ、うん」

部屋を出ていく矢代を見送った尋は、ひとりになった室内を見回した。

「これが、矢代の部屋か」

昔、何度か矢代のうちを訪ねるチャンスはあった。何人かで集まるときに尋も誘われたのだ。でも、アルバイトを理由に一度も受けなかったので、矢代の部屋に入るのは今日が初めてになる。

緊張しながらも、尋は興味津々でチェックしていった。

几帳面《きちょうめん》な矢代らしく整理整頓《せいりせいとん》されている。机の上にはノートパソコンのみで、あとは本棚にきっちりおさめられていた。

車に関する本が多く、推理小説やコミックも何冊かあった。映画のＤＶＤもある。ほとんど探偵もので、矢代はこういう映画が好きなのかと、そんな些細《ささい》なことでも知れたのが嬉しかった。

「エッチな本とかなさそうだな」

下段の隅までチェックしていった尋は、厚い背表紙に目を留めた。そこには、高校名と年度、「卒業アルバム」の文字が記されている。

手を伸ばして取り出すと厚紙のケースに入っていて、アルバム自体は紺色のハードカバーだった。

中を捲《めく》ると、見憶えのある校舎の写真が載っている。それから、教師の顔写真、生徒全員の顔写真と続く。

クラスメートの顔をひとりひとり見ていくと、自然に顔が綻んだ。尋を毛嫌いしていた奴もいたし、嫌みもずいぶん言われたような気がするが、いまとなってはそれなりにいい思い出だ。

「おお、やっぱり男前だな」

いまより少年っぽく坊主頭の矢代は、生真面目な表情で写っている。

「誰が男前だって？」

いきなり頭上で声がして、尋は小さく声を漏らした。

「……びっくりするだろ。なに黙って入ってきてるんだよ」

声を上擦らせて抗議すると、矢代がひょいとアルバムを覗き込んだ。

「なにを熱心に見てるのかと思ったら」

生乾きの髪を拭きつつベッドに腰かけた矢代をちらりと見て、ふたたび写真の矢代へ目を戻す。

過去の矢代。いまの矢代。その両方を目にしていることがなんだか不思議な感じがした。

「俺、卒業アルバム初めて見る。卒業式の前に親戚《しんせき》のうちを出たから、もらってないんだ」

そうか、と一言答えた矢代が頬を緩めた。

「笑える写真があるぞ」

ぱらぱらと捲って示されたページを見る。修学旅行の写真だった。

旅館の部屋でみんなで撮ったものだが、その後ろに背中を丸めて膝《ひざ》を抱えたクラスメートが写り込んでいた。

「これってまさか、あれ？　自由行動を一緒に回るって約束してた女の子にすっぽかされて、泣いてた」

『丸山』と言った声が矢代と重なる。

修学旅行で失恋したあげく、泣いている姿が一生残るなんて、これほど気の毒な男がいるだろうか。

「うわ、可哀想《かわいそう》」

「おまえ、顔が笑ってるぞ」

「矢代だって」

顔を見合わせて、ぷっと吹き出す。

当初、尋は修学旅行に行く気はなかった。欠席すれば、積立金が戻ってくるからだ。担任に説得されたときも、最近体調が悪いからと言い続けていた尋だったが、矢代の「行くだろう」の一言には抗えなかった。

行っておいてよかったと、いまは心から思う。

「ある意味貴重な写真だよな」

笑いを堪えながら、ページを捲る。部活の集合写真だった。もちろん尋の興味は野球部に集中する。

「いいなあ、青春って感じで」

部活の思い出のない尋にとって、矢代のユニホーム姿こそが部活そのものだった。言葉にはもちろん、顔にも出さなかったが、グラウンドで汗を流す矢代をときどき盗み見しては胸を焦がしていた。

淡い青春の一ページだ。

「ほら、明日にしろ」

卒業アルバムを熱心に見ていると、矢代がベッドから腰を上げた。

「客布団持ってくるから、もう寝るぞ」

「え」

矢代はなにげない言葉だったかもしれなかったが、尋には一大事だ。いままでアルバムを見て笑っていた頬が瞬時に強張る。

「寝るって……俺、ここで寝なきゃいけないのか」

口にしてから、まるで中学生の台詞だと急に恥ずかしくなったものの、やはり同じ部屋で寝るなんて考えられない。

「だってほら、俺はゲイだし」

何度も言うのはおかしいと承知のうえで、さっきと同じ言い訳を口にする。

矢代だから、無理なのだ。野島の部屋ではもちろん一緒に寝ていたし、風呂上がりには裸でうろついていた。

「それは――」

矢代は尋を見て、口ごもった。

もし友人だから関係ないと言われようともこればかりは拒否する、そう決めて身構えた尋だが、どうやら杞憂《きゆう》だったらしい。

「……確かに、客間のほうがいいか」

尋の心配に反して、矢代はあっさり同意したかと思うと客間に布団を用意するために部屋を出ていった。

元の場所にアルバムをしまい、尋も矢代のあとを追いかける。頼もしい背中を眺めながら、一生の思い出に一度くらいふたりきりで寝るのも悪くなかったかもしれない、などとできもしないことを考えながら階段を下りた。

6

「そう。そのままはめて」

槇《まき》の指示に従い、カバーを叩いて元の位置にはめこむとタイヤ交換は終了する。

「藍川くん、なかなか器用だし手早い。筋がいいな」

槇に褒められて、尋は笑顔で礼を言った。

「本当ですか。槇さんに褒められるなんて、嬉しいな」

本気で嬉しくて軍手で頬を擦った。自分のやったことに対して「筋がいい」と評価を受けるのは、これまでのように顔やスタイルを褒められるのとはまったくちがうのだと知る。断然、前者のほうが嬉しいし、満足感もある。

「お」

目を丸くした槇が、にっと唇を左右に引いた。

「美人はどんなになっても美人だな」

油でもついたのだろうが、まったく気にならない。暇を持て余した結果の真似事《まねごと》とはいえYクラフトのツナギを身に着けられて、尋としては一員になったような昂揚感があった。

矢代の家に世話になって、すでに十日。あっという間の十日間だった。

「おかえり」と迎えてくれる矢代の母親とYクラフトのスタッフの傍で過ごす時間は、尋にはすべて初めて経験するものなのだ。

「槙さん、騙されちゃいけませんぜ」

車の陰から野島が顔を覗かせ、恨《うら》めしげな視線を流してくる。

「甘い顔してたら、いまにこいつに乗っ取られますぜ」

相変わらずの態度にこっそり中指を立ててやると、野島は目を吊り上げてずかずかと近づいてきた。

「いいんすか。チカ先輩のうちに住んで、仕事を手伝って、油断させて家も会社も乗っ取るつもりなんっすよ。うかうかしていると、俺たち身包《みぐる》み剝がされますから！」

尋を指差し、槙に訴えるその顔は真剣で、どうやら本気で乗っ取られると心配しているようだ。呆れた尋は、ちょっとからかってやるかと矢代の真似をして野島の額を手でぐいと押した。

「黙ってろ」

ついでに声音《こわいろ》も真似してやると、頭から湯気でも出さんばかりの勢いで野島が真っ赤になる。やっぱり野島ほどからかい甲斐《がい》のある奴もめずらしい。

「て、てめえっ」

野島が唾《つば》を飛ばして嚙みついてきたちょうどそのとき、矢代が姿を見せた。

「なに大声出してるんだ。お客さんの前だぞ」

隣には、誠一がいる。誠一は、わざわざ家から遠いＹクラフトに車検を頼み、今日、受け取りにきた。

「……すみません」

矢代に叱られた野島は背中を丸めてその場を離れ、自分の仕事に戻っていく。しゅんとした姿にちょっとからかい過ぎたかと可哀想になったものの、肩越しに睨まれて、同情心を拭《ぬぐ》い去《さ》った。

「羨ましいな。いつも仲がよくて。自分の寂しさが身に染みるよ」

かぶりを振る誠一に、尋は苦笑するしかない。

誠一の坊ちゃん気質は尋が思っている以上だった。矢代の家に行った翌日、荷物を取りに行った際、誠一にこれまで世話になった礼と、今後しばらくは矢代のうちに厄介になることを伝えた。

そういう仲になったわけではないと説明しても誠一はまるで信じてくれないばかりか、

――残念だけど、しょうがない。おめでとう。僕を振ったんだから、幸せになってくれなきゃ困るよ。

祝福の言葉さえ口にしたのだ。しかも、その後も平然と連絡をしてくるし、車検も依頼してくる。金沢が変な孫と言うだけある男だ。

「ああ、そうそう。遺産放棄の件だけど」

みなの前でも構わず誠一が切り出した。一昨日、遺産放棄する旨を伝えると、「もらっておけばいいのに」と金沢家の人間とも思えない台詞を言った誠一は、同時に「きみらしいな」と笑った。

存外「きみらしい」という一言は尋を喜ばせ、遺産を残そうとしてくれた金沢に感謝するとともに肩の荷が下りたような心地がした。

「遺産？」

耳聡く聞きつけた野島がこちらを窺ってくる。放棄すると決めたものなので、まあいいかと尋は頷いた。

「書類とか揃えて伺えばいいんだろ？」

「うん。悪いね。だけど、本当にいいの？　七千万あれば、あの部屋を父親たちから買い取れるんじゃない？」

「あ、その手があったか」

ぽんと両手を合わせながら、そうかと金沢の意図を知った気がした。七千万というのは、おそらくあの部屋の金額だろう。あの部屋でふたりで過ごしたぶんだけ、尋に遺そうとしてくれたのだ。

「な、な、ななせ……まんんんっ」

意味不明の叫び声を上げた野島を無視して、日時が決まったら連絡してほしいと誠一に言う。またあの息子や娘と顔を合わせるのかと思えば憂鬱《ゆううつ》になるが、面倒なことは早くすませてしまったほうがいい。

「ちょっと、車までいいかな」

誠一に誘われ、いったいなんだろうかと首を傾《かし》げつつもふたりでその場を離れる。誠一のシトロエンまでほんの数メートルだったが、みなの前では切り出し難《にく》い話題なのか、シトロエンの傍まで来てから誠一は尋に向き直った。

「きみ、なにかトラブルでも抱えてるの？」

唐突な質問の意味を図りかね、誠一を見る。心当たりはまったくなかったが、誠一は他のひとには聞こえないよう声のトーンを落として先を続けた。

「詳しくは言わないけど、よくない噂を耳にした。この会社に入った新人っていうからきみのことだと思うし、おそらく矢代くんも聞いてると思うよ。こういう噂っていうのは出所を特定しづらいし、ひとり歩きするから早めに対処したほうがいいんだが、きっと矢代くんはきみには内緒にすると思って、出過ぎた真似をさせてもらったよ」

「────」

誠一の話に、頭を殴られたかのようなショックを受ける。冷静にいろいろと考える必要があるのに、混乱して、くらくらと眩暈《めまい》まで感じ始める。

どういうことだ。誠一は持って回った言い方をしたが、つまり、自分のせいで矢代やＹクラフトに悪評が立っていると——いまの話はそういう意味だったのだろう。

尋を嫌っている人間はこれまでもいたし、ゲイというだけで悪態をつかれた過去もあるので悪い噂には慣れている。が、矢代や会社を巻き込んでしまうとなればいつもみたいに無視できない。

いったい誰が——。

脳裏《のうり》に浮かんだ顔に、尋ははっとした。尋と矢代に腹を立てている人間に、ひとりだけ心当たりがあった。

目の前が真っ赤になるほどの怒りを覚え、誠一の前であるにも拘《かか》わらず『Miel』に電話をかける。

『はい。『Miel』です』

島崎の声を聞いた瞬間、激情が抑えられなかった。

「島崎さんですよね。おかしな噂立ててるの」

尋だとわかった途端、島崎の口調が冷ややかになった。

『いきなりなによ。知らないわよ』

「しらばっくれないでください。そっちがその気なら、俺だってあんたの探られたくないネタを持ってるんだ。あんた、店の外でボーイに過激な行為をさせてるんだろ？　いますぐやめないと、俺にも考えがあるよ」

出張サービスは尋のときが初めてではないとわかっている。従業員にいかがわしい行為をさせているとなれば、店の存続自体危ぶまれる。島崎もそれは避けたいはずだ。

『な、なによ。私はなにも知らないわよ。証拠でもあるの？　証拠があるなら持ってきなさいよ。じゃなきゃ、脅迫で訴えてもいいのよ！』

どうせ証拠なんてないと高を括って、島崎は強気に出る。島崎の言うとおり証拠を見つけるのは容易ではない。これから気が遠くなるほどの日がかかるだろう。

悔しさに舌打ちをした尋は電話を切って、どうすべきか必死で考える。

「きみがことを荒立てると、かえってよくない」

誠一の忠告はまさにそのとおりなので、一言も言い返せなかった。

「もう！」

事務所のドアが開いて、ふくれっ面の仲村が姿を見せる。

「またわけのわかんない電話がかかってきたし。社長～」

ぶつぶつと文句をこぼしながら整備場に向かう仲村を前にして、尋はようやく事態を把握した。

じっくり悩む暇なんてない。すぐに結論を出さなければ、みなに、矢代に取り返しのつかない迷惑をかけてしまう。

「僕も当たってみるけど、あまり期待しないでくれ」

誠一は、不似合な苦い表情をしてシトロエンに乗り込むと去っていく。その場にひとり残った尋は、修理待ちの車の窓に映った自身の姿を目にした。

似合わないツナギに軍手をはめて、まるでコスプレだ。こんな格好をしてちょっと手伝ったくらいで仲間になったような気分でいたなんて、笑えてくる。

自分の姿から目をそらした尋は、整備場へ戻った。尋が近づいていくと、矢代が仲村との会話を中断する。

「矢代、ごめん。遺産関係の書類で急ぐものがあるらしくて、うちに取りに戻っていいかな」

普通に話せている自分に驚く一方で、どうにかできないかと足掻く気持ちもまだある。矢代に世話になるのはもともと数日の予定だったが、いつの間にか、このまま少しでも長く一緒にいたいと望むようになっていたらしい。

欲を掻くとろくなことがない。

「ああ。車使え」

矢代がポケットから出したキーを放ってきた。尋は笑顔で受け取り、踵《きびす》を返してワゴン車へ足を向けた。

車で十分ほどの矢代の家に戻った尋を、洗濯物を取り込んでいた母親が迎えてくれた。

「あら、早かったのね」

母親にも笑顔で応じる。

「それ、どうしたんですか」

絆創膏《ばんそうこう》の貼られた指を示して問うと、昼食の準備中にうっかり切ってしまったという。

「歳は取りたくないわあ。最近、老眼が進んじゃったのよね」

はあ、とため息をつく母親に、胸の奥がずきりと痛んだ。

「大丈夫ですよ。矢代がすぐお嫁さんもらってくれて、家事全部してもらえるようになりますよ。矢代、案外モテるんですよ」

自分が発する言葉に、胸の痛みは強くなる。

世の中、やっぱりそう甘くはないようだ。

「――尋くん？」

怪訝そうな顔で母親が覗き込んできたので、尋は急いでいるふりをしてその場を離れ、二階に上がった。

尋の荷物などリュックひとつだ。二、三分もあれば私物はすべて詰められる。リュックを手に客間を出た尋は、矢代の部屋に立ち寄った。

お日様の清潔な匂いを嗅《か》ぎ、室内の様子を目に焼きつけるだけのつもりが、つい本棚から卒業アルバムを取り出す。迷ったのはほんの一瞬だった。

「ごめん、矢代」

卒業アルバムと、ついでに抽斗《ひきだし》の中の封筒から万札を三枚抜いてリュックに押し込み、そっと階段を下りると玄関で一礼してから外へ出た。

ごめんともう一度謝って、尋はガレージに停めたチェロキーに乗りYクラフトとは逆の方向に走り出す。

これで本当にさよならだ。

いつもの定位置である廃タイヤに腰かけ、缶コーヒーを片手に鰯雲《いわしぐも》を見上げた矢代は、まとまらない思考を持て余して頭をがしがしと掻いた。

一週間前、どうして急に藍川が出ていったのか。出ていかせてしまったのか。書類を取りに帰ると言った藍川の異変に気づかず、黙って見送ってしまった自分が情けなかった。

噂が関係しているだろうことは明白だ。

多額の借金がある。詐欺《さぎ》で前科がある。客を誘惑する。矢代モータースの息子はどうやら誘惑されたらしい、等々。どれも根も葉もない噂だったし、同時に無言電話や、いかがわしい言葉を発するだけの電話もかかってくるようになったが、タイミング的に矢代は島崎を疑っていた。

それを理由に敬遠する顧客も確かにいるとはいえ、ダメージを受けるほどでもない。大半は矢代モータースの頃からのつき合いなので、デマだと笑い飛ばすと納得してくれる。

だが、藍川自身は無視できなかったにちがいない。自宅に戻ったとき、母親に対して急に嫁の話をしたという事実でもわかる。

大腿に両腕をのせ、項垂《うなだ》れた姿勢でじっと考え込む。

これでよかったかもしれない。そんな気も矢代はしていた。

藍川を連れ戻して、また一緒に住んで、仕事の手伝いをさせて、その後はどうする？　そんな状態をいったいいつまで続けられるというのだ。藍川も同じように思ったから、噂をきっかけに出ていったのではないのか。

いくら考えても答えは出ず、はあ、と長い息をついた。

「なにやってんだ、おまえ」

上から呆れを含んだ声が投げかけられる。確認しなくとも声で槇だとわかったので、矢代は顔を上げなかった。

「昼の休憩ですよ」

見りゃわかるでしょと答えたが、もちろん、そんなことを聞かれたわけではないと矢代自身承知していた。

槇はすぐ近くの廃タイヤに座って、煙草に火をつけた。

「まあな。落ち込む気持ちもわかるけどな。十年会ってなかったとはいえ、ダチに金盗《と》って逃げられたんじゃ、俺でも凹《へこ》むわ」

槙に追い討ちをかけられる。

藍川は、部屋に置いていた五万のうち三万と卒業アルバムを持って行った。三万はさておき、なぜ卒業アルバムなのか。高校のときの卒業アルバムなど売っても一銭にもならないし、邪魔になるだけだし、矢代にしてもこの十年一度も開いたことがなかった。

「金を盗っていったのは、藍川が二度と会わないと思っているからなんですよね」

藍川を探せない大きな理由のひとつだった。本人に戻る気がないのに無理やり連れ帰ったところで、またすぐに出ていってしまうだろう。

「そうか？」

槙が丸い煙を吐き出した。

「三万と卒アルだったか。綺麗さっぱり離れるつもりなら、普通はそんなもん盗っていかねえだろ。盗られたほうは記憶に残って、なにかと思い出すようになっちまう」

「けど――」

いや、槙の言うとおりだ。矢代は絶対に忘れない。なぜ卒業アルバムだったのか。なぜ五万持っていかなかったのか。折に触れ思い出し、頭を悩ませるだろう。

「まるで、忘れないでくれって言われてるみたいだよな」

槇の言葉に、矢代は顔を上げた。

藍川の表情や仕種を脳裏に映し出しながら、

「三日」

気づいたらそう口走っていた。喉に詰まっていたものがすとんと落ちたような感じがして、いままであれこれ考え込んでいたのが嘘みたいに迷いは消えた。一週間を無駄に過ごした気すらしてくる。

「三日、仕事任せていいですか。あいつ、連れて帰ってくるんで」

槇は少しも驚かない。

「了解」

右手を上げると、また丸い煙を口から吐いた。

すぐさまワゴン車に乗った矢代が最初にしたのは、金沢に電話をかけることだ。

「すみません。仕事中でしたか？」

口早に問うと、昼休憩の時間だと答えが返った。

「藍川からなにか連絡ありましたか？」

遺産の件で何度かやり取りがあったと聞いている。淡い期待を込めて問うた矢代に、金沢は「ないよ」と答えた。

『きみにないなら、僕にあるわけないだろう。まったく、うまくやっているのかと思えば、面倒な男だな』

　呆れられて、ぐうの音も出ない。

　意外にもそのあと金沢は謝ってきた。

『彼に噂のことを話した僕にも責任がある。早めに対処したほうがいいと思ったからなんだが——逆効果になってしまった』

「いえ」

　金沢に罪はない。噂は早晩藍川の耳に入っただろうし、もし責められるとすれば、知っていながら藍川には黙っていた矢代自身だ。

『捜すの？』

「はい」

『そう』

　なにを思ってなのか、金沢は、ふっと声音をやわらげた。

『見つけてあげて。祖父が最後に愛したひとだから、彼には幸せになってほしいんだ。それに、まだ祖父の話も全部聞き終えてないし。ああ、わかってると思うけど、祖父と彼とにあったのはプラトニックな愛情だよ』

　当たり前だと心中で返して、矢代は大きく頷いた。

「必ず連れて帰ります」

金沢と自身に誓い、電話を終える。エンジンをかけて発進した矢代は、藍川と卒業アルバムを見たときの記憶を頭の中で再現した。

学校。部活。修学旅行。

学校に行ってみて近くで見つからなければ、修学旅行先にも行くつもりだ。

きっと藍川は自分が来るのを待っているにちがいない。昔から藍川は嘘つきだったが、そのぶん些細な表情や視線で本心を語っていた。

「必ず見つける」

矢代は、どこかにいる藍川と自身に告げた。

昔と同じ過ちをくり返す気はなかった。

7

公園のベンチに腰かけ、夜風に吹かれながら星を見上げる。

右手にはワンカップ、左手にはつまみの竹輪《ちくわ》を持ってゆっくり星座観賞なんて、これほど贅沢《ぜいたく》なことはない。

「理由は聞かないが、あんたみたいな子が、なんでまたこんなところに戻ってくるかねえ」

矢代の家を出てすぐに、思い出巡りでもするかと唐突に思い立った。時間だけはたっぷりあるので、たまにはいいかと考えたのだ。

名づけて「感傷ツアー」。

自分で自分の傷口を掘り返す、「自虐《じぎゃく》ツアー」でもあった。

まずは学校へ行き、グラウンドに立ってみた。その後、宿泊訓練で行った山。奉仕作業をさせられた寺。

本当は修学旅行先にも行ってみたかったが、資金不足で断念した。矢代から奪った三万は記念のつもりだった。金を盗るような奴だと呆れてくれたらいいとも思っている。いつかくだらないことで一気に使ってやるために、いざというときまで大事にとっておくのだ。

以前住みついていた公園の駐車場にチェロキーを泊めたのが、四日前だった。そして、ほんの数時間前に以前ホームレスのノウハウを教えてくれた「先生」と呼ばれている男とばったり会った。

先生は再会を嘆きながら、周りにいる何人かに声をかけて一席設けてくれた。みなが愉しそうに酒を酌《く》み交《か》わす様子を眺めていると、肩の力が抜けて自然に頬が緩む。

「いろいろありまして」

本当にいろいろあった。たいがいのことには動じないつもりでいたが、短い間に予想できない事態が次々に降りかかってきて、己の未熟さを痛感させられている。

「金持ちのパパに永久就職って夢はあきらめたのか？」

先生に横目を流され、そんな夢を恥ずかしげもなく語っていたらしい自分には苦笑いするしかなかった。

「やー、あきらめてないですけど、俺って、ちっぽけだなあって反省してる最中です」

すべては自分が招いたことだし、矢代に黙って出てきたこと自体はしようがなかったとはいえ、未練がたっぷりあるのも事実だった。なまじ一緒に暮らしてしまったから、欲が出た。人間というのはなんと強欲な生き物なのかと、身をもって学んだ——と、尋が話すと、先生が笑い飛ばした。

「まあ、ままならないのが人生ってもんよ」

本当にそうだと納得する。

これまでの人生、思いどおりにいったことなど一度もなかった。もうそろそろなんとかなってくれてもいいのにと期待したのが間違いだったのか。

ひゅうと夜風が頬を撫でていき、尋は上着の前を合わせた。

「寒い」

心も身体も冷え切っている。

きっと先生には、言わなくても尋の心情がわかるのだろう。

「飲め飲め。飲んであったまれ」

尋にワンカップを勧めてくれ、ありがたく受け取った。

二時間ほどで宴会はお開きになり、各人、自分の寝床に帰っていく。先生が招待してくれたので、河川敷《かせんじき》の隅っこに設《しつら》えた自宅に泊めてもらうことになった。

外から見れば単なるブルーシートだが、中はかなり充実している。生活用品はだいたい揃っていて、ごみ置き場で拾ったというポータブルテレビまであった。

そこでも酒を飲み、たくさん話をした。久しぶりに酔いつぶれ、夢も見ずにぐっすり眠れたおかげで翌朝の寝覚めは悪くなかった。

一夜を過ごしたあと礼を言って公園に戻った尋は、日当の出る仕事がもらえると聞いて公民館に行ってみることにする。公民館の前には行列ができていて、尋も列に加わり自分の順番を待った。しばらくたった頃、あとからやってきた男に声をかけられた。

「あー、あんただろ。若くて綺麗な兄ちゃん。誰かがあんたのことを捜してるってよ」

「俺を？」

真っ先に矢代の顔が浮かび、どきりとした。すぐさま絶対ないと打ち消す。自分から出てきておいて期待するなんて、未練がましいにもほどがある。

「人違いじゃないですか？」

男にそう答えたとき、後ろから肩を叩かれた。振り返るとそこには先生がいて、なぜか尋の腕を取ると、ぐいと引っ張った。

「ちょ……どうしたんですか」

そのまま列を外れた先生は、右手を高く上げた。

「おーい、兄ちゃん。捜してるのはこの男じゃないか～」

はっとして、先生の視線の先へと尋も目を向ける。

ボストンバッグを手にして駆け寄ってくる長身の男は、遠目にもひどく憤慨していることが伝わってきた。

「……矢代」

自分を捜している男が矢代だったらと、期待した。けれど、本当に矢代だとは思わず、願望が見せている幻覚なのではないかと頬を抓《つね》ってみる。

「痛い」

それとも、この痛みも願望か。

尋の前までやってきた矢代の眉間に深い縦皺が刻まれている。

「馬鹿野郎」

ぜえぜえと息を切らしながら怒鳴られたが、尋はぽかんとするばかりだ。

再会したときも、パーキングで見つけてくれたときも矢代が現れたときは夢かと思い、自分の目を疑った。さすがにこう何度もなんて、あるわけがない。

「いやいや。ないわ。いくらなんでもあり得ない。だって俺、行き先言ってないし」

もう一度、今度はさっきより強く頰を抓ってみる。

「すっげえ痛い」

それでもまだ信じられない。

「なにやってるんだ。この馬鹿」

もう一度「馬鹿」と怒鳴られ、頰を抓っている手を捕らえられて尋はようやく矢代をまともに見る。とはいっても、とても直視などできないのだが。

「あ……矢代。偶然だな。旅行にでも、行くのか？」

本物だ。そう実感した途端、パニックになった。自分でもなにを口走っているのかわからない。

「旅行だって？」

矢代がこめかみをぴくりと引き攣らせた。

「本気で聞いてるのか？」

「いや……でも、ボストンバッグ」

要領を得ない尋の返答に、矢代は顔を歪《ゆが》めたかと思うと、次にはがくりと肩を落とす。矢代の双眸《そうぼう》には、怒りを通り越してあきらめが見て取れた。

「確かに旅行に行った。ひとりで修学旅行にな。卒業アルバムをやけに愉しそうに見てたから、学校行ったり宿泊訓練先に行ったりして――信州まで行ってきたよ。いまはその帰り道だ」

「え」

まさか本当に信州にまで行ってきたとは思わず、返答に詰まる。矢代は脱力したまま首を左右に振ったが、すでにいつもの矢代に戻っていて静かな声音でゆっくり言葉を紡《つむ》いでいく。

「信州からの帰り道にふと、おまえがホームレスをしていたって話を思い出した。そのときに金沢さんと出会ったんなら、あのマンションとそう遠くない場所だろうと考えて周囲に聞いて回ったんだよ。すごく目立つ綺麗な男を見なかったかって」

「――――」

矢代の説明で合点はいったが、綺麗な男と言われて急に頰が熱くなってきた。他の人間からはうんざりするほど言われた言葉であっても、矢代からは初めてだ。

「帰るぞ」

矢代は尋の手を引くと、傍目も構わず歩きだす。

「あ、俺は――」

帰れないと、喉まで出かけた一言が言えずに尋は唇を引き結んだ。

帰れるものなら帰りたい。尋を捜して信州まで行ってくれたという事実が、泣きそうなほど嬉しかった。でも、帰ったらまた同じことのくり返しだ。矢代に迷惑をかけて、逃げ出して、そのたびに尋は自分の愚かさを痛感するのだ。

「なにも心配しなくていい。なんの問題もないんだ。おまえも知っているとおりうちは昔からの客が多いから、多少のことじゃびくともしない。それより、俺にとったら藍川が消えることのほうが大問題だ。だからもうどこにも行かないでくれ」

やばい。本当に泣いてしまいそうだ。

耐えるために、無理やり笑う。

「相変わらず面倒見いいんだから。俺なんて、放っておいてくれてよかったのに」

疫病神《やくびょうがみ》にはなりたくない。自分のせいで矢代やみんなが厭な思いをするなんて、絶対に厭だ。矢代のために逃げたわけではなく、自分のために逃げたのだから、こんな恩知らずな奴など見捨ててほしい――心の中でくり返し叫ぶ。

矢代は一度、足を止めた。振り返り尋を見ると、いままでで一番優しい表情をして目を細めた。

「大丈夫だ。何度だって見つけるさ。俺はもうガキじゃない。なにが大事でなにを優先すべきかわかってる。俺は藍川が大事で、だから傍にいてほしいんだよ」

息が止まるかと思った。それほど矢代の一言には威力があり、とうとう我慢がきかなくなった尋は公道であるにも拘わらず、涙をあふれさせてしまった。いや、あふれさせるなんて可愛いものではない。自分でもびっくりするほど、滝のごとく一気に涙がこぼれだし、顔がびしょびしょに濡れる。

「うわ」

矢代が戸惑うのは無理もない。いい歳をした男が公衆の面前で号泣するのだから誰でも驚く。自分でもドン引きしているくらいだ。

これまで泣いたことがないせいで制御することも難しい。次から次に大量の涙が頬を流れ落ちる。

「せっかく……必死で、出てきたのに……こんなあっさり見つかっちゃって」

いや、きっと見つけてほしかったのだ。何度も尋のピンチを救って、見つけてくれた矢代だから今回も見つけてくれるのではないかと、心のどこかで期待していた。

「でも……俺は、矢代に、軽蔑《けいべつ》され、たくないっ」

結局は、これに尽きる。矢代や会社に迷惑をかけたくないというのも本心からだが、一番は自分が軽蔑されたくなかった。矢代に軽蔑されることがなにより怖かった。

「軽蔑なんかするか。俺を信じられないか？」

信じられる。昔から、矢代だけを信じてきた。こんな自分を大事だなんて言ってくれるたったひとりの男だ。

「お、俺……矢代、んち、に帰っ、ても、い？」

鼻水をすすりながら問うと、そのために迎えにきたんだと言われていっそう泣く。あまりのみっともなさに矢代もあきらめたのか途中から笑い始め、尋のチェロキーまで、笑う男に手を引かれる泣く男という、なんともシュールな光景を周囲にさらしたのだ。

ひとりで出てきた尋は、矢代の運転するチェロキーで帰ることになった。

涙がこれほど出るものだとは知らなかった。車でもずっと泣いていたため、矢代の家に着いたときには人様に見せられるような顔ではなくなっていた。瞼は腫《は》れあがり、目の周りどころか鼻の下まで真っ赤だ。

矢代もそう思ったのだろう、尋を二階にやってからひとりで母親に声をかけにいった。階段の途中で、

「まあまあ、よかったわね」

母親の嬉しそうな声が聞こえ、新たな涙がこぼれた。

たった数日たっただけなのに、矢代の部屋に入るとひどく久しぶりな感じがする。あのと

きの尋はもう一生戻れないという覚悟をして出たのだから、当然と言えば当然だ。

部屋の真ん中で突っ立っていると、矢代が入ってきた。

緊張から背すじを伸ばした尋に、矢代は平然として見える。

「腹は減ってないか」

そう問われてかぶりを振った。空腹など感じない。矢代とふたりきりになって、それどころではない。

「そうか。じゃあ——とりあえず座れ」

首の後ろを掻きながら促され、その場に正座した尋はティッシュで顔を拭った。矢代もすぐ目の前に座ったのでますます落ち着かなくなり、あらぬほうを向いたまま話題を探してみるが、泣き過ぎたせいか頭が回らずまったく思いつかなかった。

困ったときの癖のようで、また首の後ろを掻いた矢代が息を吐き出す。反射的にびくりと肩が跳ね、過剰反応しすぎだと自分でわかっていても対処のしようがなかった。

「あ……あのさ」

鎮《しず》まれと、暴走している自身の心臓に言い聞かせながら口を開く。声が掠れているのは泣いたせいばかりではなく、これから言おうとしていることに対しての不安からだ。

畏まった姿勢で、やけに乾く唇を何度も舐める。

周りからクールだとか世慣れしているとか言われている自分であっても、矢代の前だと学生時代となんら変わっていないと思い知らされる。

矢代の眉間がぴくりと痙攣するのを見て、いっそうガチガチになりながら口を開いた。

「矢代が迎えにきてくれて、大事だって言ってくれて、すごく嬉しかった――でも、俺はゲイだから、やっぱり期待する」

ついさっきまでは、見つけてくれて、大事と言われてこれ以上なにも望むことはないと思っていた。でも、いざ帰ってきて矢代と向き合うと、欲が出るのも本当だ。

矢代はなぜ懸命に捜してくれたのか。もしかして、矢代も自分と同じ気持ちだからではないのか。

答えを待つ間、怖くてまた逃げ出したい心境になった。

だが、矢代を信じて傍にいると決めたのだと自分に言い聞かせ、必死でその場に留《とど》まる。

たとえどんな答えが返ってこようと、もう黙って消えるなんて子どもっぽい真似はしない。

矢代が尋を見て、肩をすくめた。

「それなら、俺もゲイなんだろう」

「…………」

いまのはどういう意味なのか、落ち着いて考えなければならない。ゲイだから期待するという尋の言葉に対しての返答なら――矢代も自分を想ってくれていると受け取れる。いや、そうとしか受け取れない。

「矢代、俺」

矢代を正面から見つめた。

矢代も尋を見ていて、視線が絡み合った。

「いまのは……つまり、そういう意味に、取ってもいいってこと？」

切れ切れに問うた。心臓は痛いくらい高鳴っているし、指先も震えだす。期待はいっぱいまで膨れ上がり、胸が張り裂けそうだった。

矢代が片頬笑んだ。

「ああ。いいってことだ」

少し気恥ずかしげにも見える笑顔が眩《まぶ》しくて、直視できずにいったん目を床に落とす。じわじわと喜びが身体じゅうに広がっていくと、じっとしていられなかった。

「矢代っ」

尋は矢代に飛びつき、ぎゅうと抱きつく。離れたらじつは勘違いだったという事態になりそうな気がして、そうさせないためにも本能のまま口づけた。

「ん……」

どこもかしこも密着させていたいという衝動に任せた行動だったが、失敗だったとすぐに気づく。

昂奮を抑えきれず、息が上がる。欲望が一気に膨れ上がった。

「矢代……っ」

夢にまで見た矢代の唇を割って口中に舌を侵入させ、我慢できずに身体を擦《す》りつける。手のひらで硬い胸をまさぐりながら、この胸筋で押し潰されたいという欲求で眩暈すら感じた。

「藍……川、ちょっと、待て」

口づけの合間に制されても、止められない。止められるわけがない。

互いの気持ちを確認し合って、ふたりきりで、ベッドもある。なにもせずにいられる男がいたら、よほどの年寄りか不能だろう。

しかし、そのどちらでもないはずの矢代が、尋の両肩を押して身体を離した。

「あ……ごめ」

自分ひとり盛り上がった事実が恥ずかしくなり、深呼吸をくり返す。口でなんと言ったところで矢代はゲイではないのだから、慎重に、段階を踏んで進めなければならないとわかっていたはずなのに、受け入れてもらった喜びからつい暴走してしまった。

身を退き、なんとか落ち着こうと努めるものの目の前に矢代がいるのでなかなかうまくいかない。

「そうじゃなくて、下にお袋いるだろ」

当たり前のことを失念していた自分に驚き、頬が赤らんだ。

「ますますごめん！」

尋は肩を縮めて両手を合わせる。目線を下方へやったとき、矢代のジーンズが視界に入ってきた。

「……矢代」

ごくりと喉が鳴った。それも当然で、矢代のジーンズの中心が盛り上がっていたのだ。見間違いかと凝視してみても、やはり膨らんでいる。

「見るなよ」

矢代が鼻に皺を寄せた。

「そりゃこうなるだろ。俺を枯れたジジイとでも思っていたのか」

「ち、ちがう。ちがう、けど」

枯れたジジイだなんて思っていないが、矢代も昂奮するのだという事実に少なからず動揺する。おそらく尋は、好きすぎるあまり生々しい想像をすることすら自分に禁じていたのだろう。

しかも、原因は――尋自身だ。矢代が自分で勃起してくれる日が来るなど考えもしなかった。

舌打ちをして、矢代が立ち上がった。

「ちょっとそのへん走ってくる」

一言で部屋を出ていこうとする矢代の手を尋は咄嗟に摑み、引《ひ》き留《と》めた。

「俺が、矢代にするぶんならいいだろ」

声が掠れる。欲望でどうにかなりそうだ。

「そんなわけいくか」

即座に拒否されたが、手を離す気はない。せっかく勃ってくれたというのに、このまま行かせられるかという気持ちだった。

「もったいないから——頼む。俺にさせて」

返事を聞く前にジーンズの前に触れる。手のひらを押し返すほどの硬い感触に唾液が湧いてきた。

「——藍川」

責めるようなニュアンスで呼ばれてもすでにやめるつもりはなく、ジーンズのジッパーを下して前をくつろげる。

「すご……おっきい」

初体験のときでもこれほど緊張しなかった。部屋じゅうに自分の鼓動が響き渡っているような気がしつつ尋は矢代をベッドに座るよう促すと、自分は床に膝をついた。

「藍川」

今度の声にはあきらめが滲《にじ》んでいた。それでも、情を感じさせる呼び方が嬉しくて、性欲のみならず、愛しさから矢代自身に触れる。

頭をもたげた矢代を目にした瞬間、尋は喜んで理性を捨てた。

「……ん」

先端を舌で舐め、そのまま口中に迎え入れる。矢代が小さく呻く声を耳にしていっそう昂奮を覚えながら、喉の奥まで使って愛撫《あいぶ》する。

愛情と技巧のすべてを尽くして、矢代を高めていった。

舌を絡め、唇で扱《しご》き、時折吸いつく。含みきれない根元の部分は指で擦り立てた。

自分の髪に矢代の指が絡む、それだけのことにも感じてどうしようもない。我慢できずに自身の大腿を擦り合わせながら、奉仕を続けた。

「……藍川、もう、いい」

矢代が尋の頭を離そうとしたが、なおも深く銜《くわ》えて矢代に最後を促す。それこそもったいなくて、少しもこぼしたくなかった。

「う」

頭上で小さな呻き声が耳に届いた。直後、喉の奥に熱い飛沫《ひまつ》が叩きつけられる。口中でびくびくと跳ねる矢代自身から吐き出された愛おしい精液を、最後の一滴まで残らず飲み下していった。

終わったあとも離《はな》れ難《がた》くていつまでも矢代の股間に顔を埋《うず》めていた尋だったが、さすがに矢代に制される。

「飲まなくてもいいのに」

そう言って苦笑されたが、尋にしてみればそれ以外の選択など初めからなかった。

「飲むだろ」

当然と返して、床から膝を上げる。自分の中心をどうにかする必要がある。まさか日の前で自慰をするわけにはいかないので、トイレにでも行って処理するしかない。そう考えていたので、

「なら、俺もやろう」

矢代のこの言葉は予想しておらず、尋は狼狽え、勢いよく首を左右に振った。

「無理。俺、結構声出るほうだし、矢代にされたら絶対自制できないから」

してほしい気持ちは大いにあるとはいえ、声を抑える自信がないのも事実だ。今後、何度も顔を合わせることになるだろう母親にあられもない喘《あえ》ぎ声なんか聞かれてしまったら——想像しただけで背筋が凍る。

おかげで少し中心が萎《な》えてきてほっとしたが、身支度を整えた矢代が尋の腕を取った。

「出よう」

どこにと視線で問えば、ホテルと返ってくる。

「え……いまから?」

半信半疑で目を見開いた尋に、矢代は迷わず頷いた。

「いまから。これだけですますつもりはないし、きっと俺たちはちゃんと抱き合ったほうがいい。なにより、俺が藍川の声を聞きたい」

「……や、矢代っ」

矢代の一言一句にときめき、身体じゅうが熱くなる。自分はなんて幸運だろうかと、柄にもなく神様仏様に感謝の念が芽生えた。

「厭か？」

これにもかぶりを振った尋は、矢代の手をぎゅっと握り返した。

「矢代とやりたい」

ふたりの意見が合えば、あとはホテルを目指すのみだ。家を出て、尋のチェロキーでやや離れたところにあるホテルに向かった。

車中ではふたりとも終始無言だった。矢代はどうなのか知らないが、尋の場合は口をきいてしまったら、心臓が飛び出してしまうような気がしたからだ。それほど昂揚していたし、期待もあった。

一度矢代がコンビニに寄った以外、まっすぐホテルに到着した。部屋に入るまでどれほど長く感じたか。永遠にも思える数十分に耐え、ようやくふたりきりになれた瞬間、我慢の糸がぷつりと切れた。

「矢代！」

ドアを閉めるや否や矢代に抱きつき、ベッドに押し倒す。車の中では一応、順番に風呂を使って、そのあとビールでも飲んでと手順を考えていた尋だったが、なんの役にも立たなかった。

矢代の上着の釦を外し、シャツの前もはだけてしまうと硬い胸にむしゃぶりつく。矢代の放つ雄の匂いを嗅ぎながら、筋肉の弾力を思う存分味わう。

乳首に吸いつき、舐め回した。

「藍川――待て」

ここまで来ていまさら「待て」と言われても、止まるわけがない。尋は矢代の胸板を貪《むさぼ》る傍《かたわ》ら、自分の衣服を脱いでいく。

「まったく」

矢代が息をついた。かと思うといきなり視界が反転した。ベッドに仰向けになった尋が唖《あ》然《ぜん》として見上げると、矢代はふっと目を細めた。

「俺に触らせないつもりなのか」

こっちは乳首どころか股間まで舐めたというのに、矢代が自分に触る場面がうまく想像できずに困惑する。

「矢代が……俺に？」

無理やり頭に思い描いてみると、ほんのわずかに残っていた理性と羞恥心が焼き切れ、尋は自身の中心に両手をやった。

「ごめ、ん。も、出る」

我慢に我慢を重ねてきたせいで、あっけなく終わりがやってくる。焦ってパンツの前を開くとすぐに下着から自身を摑みだして、数回擦った。

「あぁっ」

矢代に見られているとなれば自慰もまた格別なものとなり、勢いよく射精する。胸ばかりか顔にまで飛び、きっと矢代はあきれているだろう、そう考えてまた昂奮した。

「藍川がこんなに情熱的だとは知らなかった」

自分でもたったいま知ったばかりだ。でも、尋が取り乱すのはいつも矢代に対してだけだった。

「こんな俺は、厭?」

みっともないところをさらしてしまったものの、取り繕う気はすでにない。取り繕ったところで、矢代の前ではどうせすぐにぼろが出るのだ。

「いいや」

にっと唇を引いた矢代が、いきなり尋の下半身からパンツと下着を下ろすと放り投げた。達したばかりの中心を見られる恥ずかしさを感じる間もなく、尋は身悶《みもだ》えすることになる。矢代が、尋の中心に屈《かが》み込《こ》んだからだ。

「あ、あうぅうっ」

矢代に舐められ、胸を喘がせる。

「そ、な……しなくて、いい」

尋の制止を無視して性器を銜えた矢代のチャレンジ精神には驚くばかりだが、尋自身、すぐにそれどころではなくなった。

前を責められ、後ろが疼《うず》いてくる。体内を擦ってほしくて、身体をくねらせた。

「矢代、矢代……」

いつしか自分で膝を抱え、腰を突きだす格好を取る。口で言わなくても矢代は察してくれたようで、なんの躊躇もなく後ろへと舌を滑らせていった。

「あぁ、あ、いいっ」

こんな真似まで矢代にさせて……という自責の念すら愉悦に繋《つな》がる。眩暈がするほどの快感に、誰はばかることなく嬌声《きょうせい》を上げて乱れた。

「気持ちい……あ、もっと、強くっ」

後孔を舐めながら性器をゆっくり手で擦られ、尋は自ら腰を揺すった。前も後ろも気持ちよければよくなるほど、物足りなさを感じ始める。

先端からあふれる蜜《みつ》を自分で塗り込めるようにして性器の先端を弄《いじ》ると、入り口がひくひくと蠢《うごめ》き矢代の舌を締めつける。なおも大きく脚を開いたそのタイミングで、長い指が挿《はい》ってきた。

唾液だけにしてはやけにスムーズで、矢代が指を抽挿させるたびにそこから濡れた音がする。ぬるぬるとした感触は、なにかのクリームを使ったからだろう。しかも、ちゃんと尋が冷たさを感じないようクリームは手のひらであたためてあった。

コンビニに立ち寄ったのはこのためだったか、とぼんやりする頭で気づいた尋は、自分を気遣ってくれる矢代にいっそう愛しさが募った。

知れば知るほど好きになる男から逃げようなんて、一瞬でも思った自分の浅はかさを痛感する。

「あぅ、う」

探るように中で指を動かされ、脳天まで甘く痺れる。他の男ではなく、矢代の指だからこんなにも感じる。

「も、挿《い》れたい」

我慢も限界で、ベッドから腰を浮かせて誘った。

矢代にしても息が上がっているというのに、なかなか先を急がない。なおも慎重に手順を踏もうと指を増やし、中を緩める傍ら尋の性感帯を探そうとする。情に満ちた矢代のやり方は、なにもかも尋には初めての経験だった。

「頼むから急かすな。藍川も言っただろう。俺のは大きいって」

三本の指で体内を優しく撫で回され、気持ちよくて、感じて、身体じゅうで矢代を欲してしまう。

「う、うん。おっきい。矢代の大きいの、いますぐ欲しい。くれないと、俺、また泣くよ」

すんと鼻を鳴らして懇願する。脅し文句のつもりだったが、事実、胸に熱いものが込み上げる。これまでけっして褒められた人生は送ってこなかった尋だが、矢代のおかげで、男の趣味だけはよかったと堂々と言えるのだ。

「おまえは――」

矢代が顔をしかめ、尋の中から指を抜いた。身体を返そうとしたので、このままでいいからと尋が矢代のものにコンドームをつけ、入り口に導いた。

「苦しくて泣いても、知らないぞ」

矢代は尋の前髪を掻き上げると、脚を抱えてくる。入り口に押し当てられた熱を感じて、尋が感じたのは悦《よろこ》びだった。

先端を尋の狭間に何度か擦りつけたあと、矢代が入り口を割ってくる。

「あ……挿……って、くるっ」

幾度となく経験した行為であっても、他の男と矢代ではまるでちがう。過去の男たちには申し訳ないが、誰よりも熱くて、硬くて、大きくて――その存在に尋は胸を焦がす。

時間をかけて少しずつ進んでくる矢代に、とうとう堪えきれずに睫毛《まつげ》を濡らした。ヤックスの最中に涙ぐむなんて最悪だ。

「つらいか？」

それでも、思《おも》い遣《や》りにあふれた問いかけには素直に頷く。

「苦しいけど、すっごくいい……俺、こんなの、初めて」

大袈裟でもなんでもない。挿入されただけで達してしまいそうで、さっきから蜜をこぼしている自身の根元を押さえると、ぐいと矢代が抉ってきた。

「あ――」

奥深くまで満たされて、悦びに身体が震える。初恋の男と抱き合っていると実感すれば、身体も心も蕩《とろ》ける。

「俺の忍耐を試すつもりか」

快感に歪む矢代の顔は尋の想像を越えるほど色気にあふれていて、こういう表情をするのかと新たな発見に感動すら覚えた。

自分を見つめてくる欲望に満ちた矢代の双眸に、矢代にこんな目をさせている自分の存在に、酔いしれ恍惚《こうこつ》となる。

どうしても繋がっているところを見たくて、脚を持ち上げ覗き込んでみたもののやはり難しい。目では確かめられなかった代わりに、矢代が尋の手を取ってそこへ導いてくれた。

「……すごい。矢代でいっぱいだ」

限界まで開いている場所に、矢代自身が触れる。指先に伝わってくる熱と脈動は雄々しく、どこまでも力強い。

「俺、矢代とやってるんだ」

尋がそう言うと、矢代が微かに笑った。

「ああ、そうだ。やってる。だから、動いてもいいか？」

ずっとこうしていたかったが、尋にしても限界だ。矢代の熱に体内が蕩かされたような感覚になり、じっとしていられない。

「ん……俺も」

退いていく矢代に自然に内壁が追いすがり、締めつける。ふたたび押し込まれたときは、無意識のうちに吸いついてしまう。

「あ、あ、いい。矢代、すご、気持ち、いいっ」

矢代の硬いもので擦られる快感は凄《すさ》まじく、勝手に腰がうねりだす。動くたびに周囲に響く濡れた音と自分たちの荒い呼吸にも煽られ、尋は腰の動きを徐々に激しくしていった。

「あぅ、ん。も、いく……や、いきたく、ないっ」

「どっちなんだ」

矢代の手が胸を撫でてきた。乳首を指先で引っ掻かれて、とろりと蜜がまたあふれ出る。

「いきたく、ないけど、も、我慢できないっ。いったら、次は矢代に跨《また》がってもいい？」

二度目は上になって跨り、逞《たくま》しい背中に両腕を回して思うさま揺すりたい。そして、矢代に下から厭というほど突き上げられたい。

夢中で腰を使いながらそう言うと、ああ、と望む返答があった。

「好きなだけ跨れ。厭と言うまで突いてやるから」

「ああ、ぅんっ」

こんな言葉を聞いて我慢できるわけがない。

乳首を抓まれ、内腿に口づけられた瞬間、根元を戒《いまし》めていたはずの性器から勢いよく吐き出した。

「あうぅ、ひ、あぁっ」

極みの声を上げた尋の身体を、矢代が自身に引き寄せる。信じられないほど深い場所を突き上げられて、がくがくと震える。

思考も視界も霞む中、噛みつくようにキスされた。

「藍川――」

尋の唇で矢代が呻く。

膜を通してですら熱いと感じる矢代の絶頂を受け止めた尋は、そのつもりはなかったのに自然にまた涙を滲ませていた。

「――幸せだ」

好きな男の重みを身体で受け止めながら、生まれて初めて心からの幸福を実感する。これまでは不幸だと思ったこともなかったが、幸福を感じたこともなかった。

「そうだな」

尋の額に触れてくる手にも矢代の気持ちが込められていて、セックスは性欲に駆られてするものだと思っていた尋は、そうでない場合もあるのだと知った。

求めるぶんだけ、与える行為だ。

きつく抱き締められ、キスされると、身体以上に心が悦ぶ。

その悦びを尋も矢代に伝えたい。身体じゅうに広がる愛おしさを伝えるには、まだぜんぜん足りなかった。

「三回目は、後ろからがんがん突いてな」

矢代の腕の中で、あふれんばかりの感情に任せて、二回目の騎乗位もまだなうちから三回目の提案をすると、ラブホには不似合いなほどさわやかな笑顔が返ってくる。

「十年分を取り戻すか」

願ってもない提案だ。どうせならあらゆる形で気持ちを示したほうがいいだろうと、四十八手のフルコンプを決める。なにしろ十年分だから何日もかかるし、何周もしなければならない。

一日一回計算でも、三千六百五十回。閏年《うるうどし》もあるので、さらに二回ほどプラスする必要がある。でも、一日二回はしたいから、その二倍で――。

数えきれないほど身体を合わせるうちにきっと尋の想いは伝わるはずだし、矢代の気持ちも受け取ることができるだろう。

それには、まずは騎乗位からだ。

早速矢代にキスをし、上目遣いで誘いながら、尋は硬くなった股間を押しつけたのだ。


「なんだか、緊張する」

玄関のドアを開けながら尋が鼻先を擦ると、いつもどおりの仏頂面で矢代が胸を張る。

「開き直れ」

それができたら苦労はしない。気分はまるで親に内緒で外泊した中学生だ。

どうかまだ寝ていてくれと祈りながら、矢代に続いて中へ入った。そのとき、パジャマ姿の母親が欠伸をしながら玄関にやってきた。

「ふたりとも朝帰り？　いいわねえ、仲よしで」

特に意味などないとわかっている。百も承知しているが、後ろめたさからどうしても深読みせざるを得ない尋は土下座したい心境に駆られる。

あなたの息子さんと何時間もやりまくってしまいました。昨日だけで四十八手のうちすでに十手試して、どれもすごくよかったです。

「……お母さん、すみません」

己の婿態がよみがえってきて思わず謝罪した尋に、母親は首を傾げ、矢代は照れ隠しに舌打ちをした。

靴を脱いでうちに入ると、朝食の準備を手伝い、三人で食卓を囲む。

もっぱら話すのは母親で、矢代はせいぜい相槌を打つくらいだし、尋にいたってはなにを言われても挙動不審になりまともに会話が成り立っていなかったが、もしかしたらこういうのが家族の食卓というヤツだろうかなんて、恥ずかしいことを考える。

「それで、尋くんはどこに行ってたの？」

無邪気とも言える質問には、ごまかす気にもなれない。

「じつは公園で寝泊まりしてて、日雇い仕事の行列に並んでいたところに矢代が来てくれまして」

「醤油《しょうゆ》」

ぶすっとした顔で矢代が割り込んできた。矢代の差し出した手に醤油を握らせておいて、母親は話の続きに戻る。

「まあ、よく会えたわねえ」

目を丸くした彼女に、本当にと尋は頷いた。

「矢代はすごい奴です」

満更冗談ではなかった。昔もいまも自分みたいな男を見捨てないばかりか、選んでくれたのだからすごいという他ない。趣味が悪いからだとしても、尋としては矢代が物好きでよかったと心底思う。

「あら、すごいのは知佳じゃなくて、あなたたちの縁じゃないの？　会えたってことは縁があるってことだもの」

「――お母さん」

母親には敵《かな》わない。本当はなにもかもお見通しで知らん顔をしてくれているのではないかという気さえしてくる。なにしろ泣き過ぎてむくんだ尋の顔を前にしてもそこには触れず直視してくれるひとだ。

椅子《いす》の音をさせて、矢代が立ち上がった。

「仕事に行くぞ」

ふいと先にテーブルを離れてしまったが、矢代の頬が微かに赤らんでいたのを尋は見逃さなかった。

「ごちそうさま」

尋も急いで席を立つと、食器を流しに運んでから玄関に向かった矢代のあとを追いかける。

「ったく、やってられない」

階段の下で待っていた矢代が照れ臭そうに唇をへの字にしているところを目にすれば、なんとも表現しがたい感情が胸に芽生えて尋は抱きついた。

「矢代にもこんな可愛いところあったんだ。照れる矢代は、マジでちょー可愛い」

できるならここですぐに押し倒したいくらいだ。実行してもいいかどうかくらいの分別はあるつもりだったのに、尋の鼻息がよほど荒かったのか、矢代に額を押されて強引に引き剝がされてしまう。

いくらなんでも野島と同じ扱いは納得できない。

「可愛いっていうなら、おまえもだろう。突っ張ってたって、中身は可愛いもんだ」

けれど、眩しいばかりの笑顔で「可愛い」とくり返されて、咄嗟に両手で耳を塞いだ。矢代にこんな恥ずかしい台詞を言われたら、どうしていいのかわからない。

「可愛いなんて、そんなことない。俺なんか、格好いいとか美人とかは言われ慣れてるし、自分でもそう思ってるけど、可愛いなんて思ったことないから」

焦るあまり、耳に両手を当てたまま言い訳めいたことを並べていった尋だが、もとより本心では喜んでいた。

「でも、もし矢代が本当に俺を可愛いって思ってくれてるんなら――」

ちらりと矢代を窺う。たったいままでそこにいた矢代はすでに靴を履き、玄関の外へと出ていた。

「早くしろ」

何事もなかったかのごとく急かされ、不承不承《ふしょうぶしょう》矢代のあとを追う。

まだ努力が足りないらしい。昼も夜ももっと励んで俺と同じだけ矢代を夢中にさせなければ、と自身を鼓舞しながら、Ｙクラフトのワゴン車の助手席に乗り込んだ。

仕事場へ向かう間は、今夜はどんな手を使って矢代を愉しませるかについて思考を巡らせていたので、あっという間に到着した。

ちょうど出勤してきたばかりの野島が、尋が車を降りた途端、不満そうに唇を尖《とが》らせる。

現金なもので、どんなにムカつく顔をされてもまったく腹が立たないどころか、親しみさえ湧いてくる。

「出戻りめ」

忌々《いまいま》しげに吐き捨てられた言葉ですら愛情の裏返しに聞こえて、尋は満面の笑みで応じた。

「帰ってきちゃった。あ、そうそう。せっかくだから、俺、Ｙクラフトの社長夫人を目指すことにしたんだ。だから、末永くよろしく」

冗談半分、本気半分で告げる。

顎が外れそうなほど口を開けた野島は、まるで妖怪変化《ようかいへんげ》にでも出くわしたかのごとく見る間に青褪《あおざ》めていったかと思うとじりじりと後退りしていき――いきなり向きを変えて駆け出した。

「の、乗っ取りだあ！」

叫びながら整備場へと消えた野島を、尋はほほ笑ましく思いつつ見送る。

「やっぱり正巳《まさみ》か。朝っぱらならうるせえな」

そこへ槙と太一《たいち》も出勤してきた。尋を見てもいつもと変わらず太一は無表情で無言だし、槙もいたって普通どおりだ。

「まあ、ああ見えて正巳が一番心配してたから、ほっとしたんだろ」

意外な事実だった。いや、案外、尋が見えていなかっただけなのかもしれない。なんのかの言っても、野島は昔から尋を無視しなかった。

「さて、三日間の遅れを取り戻すためにきりきり働こうか」

整備場に足を向ける槙が両手を上げて、伸びをする。

普通の態度で普通に迎えられて、尋は自分の居場所を与えられたような気がしていた。

人生は日常の積み重ねだと知る。特別ななにかがなくても、些細な出来事の中にこそ幸福があるのだ、と。

「矢代」

あたたかい気持ちでいっぱいになった尋は、矢代に声をかけた。振り返った矢代は陽光を背に受けていて、誰よりも格好いいヒーローに見えた。ただし、常に眉間に皺を寄せているヒーローだが。

「なんでもない」

見捨てないでくれたこと、追いかけてくれたことに「ありがとう」と言いたかったが、いまはやめておいた。今後、いくらでも機会はあるだろう。

「なんでもないって、なんだよ」

疑念たっぷりのまなざしを投げかけられ、首を左右に振った尋は礼を言うよりもっと相応《ふさわ》しい言葉を思いついた。

「大好きだ」

不意を突かれたらしい矢代の喉が大きく鳴った。いつも動揺させられっぱなしの尋だが、今回は驚かせることができたようだ。

「頼むから、そういうのはふたりきりのときに言ってくれ」

うっすら頬を赤らめた矢代は、一言で背を向けて整備場へと先に行ってしまった。

愛おしい後ろ姿を尋は見つめ、そうするよと答える。

セックスも十年分なら、告白だって十年分すべきだろう。そして、真剣にYクラフトの社長夫人の座を狙《ねら》ってみるのもいいかもしれない。

家庭円満にも商売繁盛にも、よき伴侶《はんりょ》は必要なはずだ。

「さて、俺も働きますか」

青空を仰ぎ、聞こえ始めた機械音に耳をすませる。

頼もしく、優しい音色だ。

両手に軍手をはめた尋は、社長夫人の前にタイヤ交換のスペシャリストだと、ツナギの腹を叩いて気合いを入れると、みなの待つ仕事場へと足を踏み出した。

本気の恋なら

建屋内に金属のぶつかる音が響き渡る。

油とグリスの匂いは、子どもの頃から嗅《か》ぎ慣れたものだ。

助手席のドアにできた凹《へこ》みをサクションリフターで引っ張りながら、内側からも叩いて元に戻す作業を行っていた矢代《やしろ》は、ちらりと斜め前方に視線をやった。

藍川《あいかわ》は真剣な面持ちでタイヤ交換に勤しんでいる。カバーを外し、慎重にジャッキの場所を決めてセットしてから手動で回して上げる——槇《まき》の教えどおりのやり方をなぞり、手際も問題ない。筋がいいという槇の言葉はあながちお世辞ではないらしい。

昨日から槇は、藍川にエンジンルームの見方と部品について教え始めていた。

額に汗して、端整な顔が油で汚れるのも構わず一生懸命仕事をする藍川の姿を見ていると妙な心地になり、無理やり視線を外すと、奥でエンジンチェックをしていた槇と目が合った。自分が教えただけにやはり気になるのだろう、時折藍川の仕事ぶりをチェックしているようで、矢代に向かって親指を立てる。

自分では私情が入りそうな気がして、槇に任せたのは正解だった。

安堵《あんど》と、どこか照れくささを覚えつつ頷《うなず》いた矢代はふたたびドアの修理に戻ると、邪心を拭《ぬぐ》い去って集中した。

一時間ばかりたった頃、そろそろ休憩にしようと仕事の手を止めたとき、喫煙スペースのパイプ椅子に腰かけ大声で話している野島《のじま》の声が聞こえてきた。

「俺、明日誕生日なんっすよね！」

相手は槇と藍川だ。藍川のことが嫌いだと公言しながらしょっちゅう傍《そば》に寄っていく様子は、まるで好きな子に対して意地悪をせずにはいられない小学生のようだと思う。気づいていないのは、おそらく野島ただひとりだ。

「ああ、そういやそうだったな」

軽く流した槇に、野島は椅子から腰を浮かせて身を乗り出す。

「飲みに連れてってくださいよ」

と、ねだるのは毎年のことで、実際、野島の誕生日にはなぜか従業員揃《そろ》っての飲み会が恒例になっているのだ。

「おまえなあ。誕生日を一緒に過ごせる彼女くらい作れって。なんで毎年毎年俺らが祝ってやんなきゃならないんだ」

槇のこの言葉を聞くのも初めてではない。

「だから！　俺は彼女なんて欲しくないって言ってるっしょ」

声高に反論する姿に苦笑しつつ喫煙スペースに近づいていった矢代は、野島の肩に手を置いた。

「そういや、先月合コンで知り合った子に袖《そで》にされたとか言ってなかったか？」

「チカ先輩っ」

野島が慌てて立ち上がり、矢代に椅子を勧めてくる。高校時代から体育会系の上下関係が染みついているせいだが、野島のいいところであり、残念なところでもあった。こういう性格がどうやら女性には鬱陶《うっとう》しく感じられるらしい。

「そんな女……こっちからお断りっすよ」

以前は二脚だった椅子を三脚に増やしたのは、藍川が入ることによって喫煙者が三人になったためだ。外の廃タイヤが定位置だった矢代も最近ではよく喫煙スペースに寄るので、もうひとつくらい椅子を増やしたほうがいいかもしれない。

「だいたい、女なんか面倒くせえっての。男に要求ばっかしてきて、自分はどうかって話ですよね」

野島の不平はやけに真に迫っている。聞いてもいないのに本人が吹聴《ふいちょう》して回るためここにいる全員が野島の恋愛遍歴を知っているのだが——合コンの彼女とは要求どころかつき合ってもいないはずなので、他になにかあったのだろう。槇にアイコンタクトで確かめてみたが、なにも知らないらしく小さく首を横に振る。

藍川もまた黙って聞き流しているところをみると、傷心らしい野島を気遣っているのだろう。

「チカ先輩も俺と同じっすよね」

確信を込めた同意を求められて、野島の傷口には触れないように矢代は曖昧《あいまい》な相槌《あいづち》を打った。

「どうかな。同じって言われても、相手による話だろう」

だが、心配する必要は微塵《みじん》もなかった。野島の話は実体験どころか、現実のものですらなかったのだ。

「や、だから、いちゃいちゃするカップルが意味わかんねえって話っすよ。さっき、事務所入ったときに仲村《なかむら》さんが読んでた雑誌に、恋愛を長続きさせるコツみたいなヤツが特集されてて、『日本人の男は愛情表現ができない』とか『記念日を忘れるのは最早罪悪』とか書かれてたんすよ。なにが罪悪だ、ふざけんなって言いたくなるっしょ？　男が軽々しく好きとか愛してるとか口にしてたまるか。記念日ってなんだ。つき合って一年とか？　そんなんでプレゼントせしめようと思ってる女がおかしいだろ」

ふん、と鼻息も荒く捲《まく》し立てる様を前にすれば、ある意味野島らしいと脱力する。雑誌の記事に腹を立てるなど、野島くらい素直な性格でなければなかなかできない。

「おまえ、外でそれ言ったら間違いなく女の敵になるぞ」

煙草の煙を吐きだしながら、おかしそうに槙が肩を揺らした。

「べつにいいっすよ。媚《こび》売ってまで彼女欲しいとは思ってねえし」

野島が胸を張った。

「せしめるとか媚売るとか、童貞がいかにも言いそうな言葉」

ぼそりと漏《も》らしたのは、藍川だ。気を遣って損したとでも思っているのかもしれない。

「は？　聞こえてんだよ」

すぐさま野島が応戦する。

また始まったか、と矢代は頭を抱えたくなった。

野島が野島なら、藍川も藍川だろう。怒らせるために挑発しているしか思えない。心底仲が悪いならふたりが接触しないようにと配慮もするが、どうやら互いに好んで絡んでいるふしがある。

「誰が童貞だって？」

野島は両のこぶしを振り上げて抗議する。真っ昼間から「童貞」と叫んだ野島に呆れる傍《かたわ》ら、藍川にはそのへんでやめておけと目線で窘《たしな》めた。

藍川は肩をすくめて口を閉じたが、野島の気はすまないようだ。

「そりゃあんたは爺さんまで転がすんだもんな。ベッタベタに恥ずかしい愛の言葉とやらを軽々しく連発するんだろうさ。けど、日本男児ってのは、そういうもんじゃねえんだ――ですよね」

野島の期待に満ちた目が矢代に向けられる。日本男児がどうであるか特に興味はなかったが、藍川が連発するという点については賛同できなかった。

藍川は、案外照れ屋なところがある。外見が派手なぶん誤解されがちだが、それほど恋愛に長《た》けているという感じでもない。もし野島の言うような言葉を連発してきたのだとすれば、おそらく本心からではなく、そうする必要があったからだろう。

とはいえ、矢代に他人のことは言えない。恋愛事には疎《うと》い人間だと自覚している。過去につき合った相手の三人が三人とも「知佳《ともよし》ってなに考えてるのかわからない」という捨て台詞《ぜりふ》を残して去っていったのだから、自分に責任があるのは明白だった。

「ひとによるんじゃないか」

適当にあしらった矢代の返答に納得いかなかったのか、続いて野島は槇へとその目を移動させた。

「槇さんは、わかりますよね。男がいちいちこっ恥《ば》ずかしい台詞口にできるかって思うっしょ？」

吸いさしを灰皿の端で弾いた槇は、いや、と野島の言い分をいとも簡単に一蹴する。

「俺はどっちかといえば口にするほうだな。わりと記念日とかも憶《おぼ》えてるし」

槇の返答を聞いた野島の驚きようは、同情するほどだ。目と口をこれ以上ないほどにばかりと開いたかと思えば、次の瞬間には肩を落として項垂《うなだ》れる。槇の賛同を得られなかったことがよほどショックだったらしい。

「槇さんが……そんな軽い、ナンパな奴だったなんて」

野島に軽いと評された槇は、にっと唇を左右に引くと、笑顔のまま野島の脛《すね》を安全靴で蹴った。

「わ。なにするんっすか」

「なにするんっすかじゃねえよ。先輩に向かって『ナンパな奴』だと？」

「あ——」

自分の失言に気づき、野島が深々と腰を折る。これ以上野島の与太話につき合うつもりはなく、話に区切りがついたところでその場を離れようとした矢代だったが、槇の言葉に足を止めた。

「冗談はさておき、言わなくても察してくれってヤツが許されるのは、お袋にだけだろ。他人なんだから伝えるべきことは伝えて、優先するところは優先して、ちゃんとこっちが大事に思ってることを言葉とか形で示さないと手抜きだって責められてもしょうがない」

矢代には衝撃的な一言だった。目から鱗《うろこ》だとも言える。

矢代は、間違いなく野島のタイプだ。もしかしたら野島より悪い。日本男児だから口にしなかったわけではなく、特に気にもしていなかったのだ。つき合っている時点で互いに「好き」なのは当たり前で、大事に思うのも当然のことだと思っていたので、それをあえて示そうという意識が希薄だった。

優先してきたかどうかについては——決めるのは藍川だ。自分では判断すらできない。これでは「なにを考えているかわからない」と振られるわけだ。

「槇さん、モテるでしょう」

藍川がふっと口許《くちもと》を綻《ほころ》ばせる。

「そうでもない。ま、不特定多数にモテても意味がないけどな」

槇のこの返答にも、

「モテる男の余裕ですね」

感嘆している様子だ。

矢代は、野島以上にショックを受けていた。ちゃんと相手のことを考えて大事にする槇と比べて、自分がいかに無思慮で無知だったかを思い知らされた気分だった。いや、比較にもならない。

ふらりと足を踏み出した矢代に、藍川が声をかけてきた。

「缶コーヒー？　俺、買ってこようか？」

「いや、いい」

いまの自分にはそんなふうにしてもらう資格はないので藍川の気遣いを断り、そのまま整備場を出ると、自販機ではなく事務所に向かった。

幸運にも仲村は席を外していて姿が見えない。応接スペースのテーブルの上に置いてある女性誌に目を留めた矢代は、周囲を窺《うかが》ってから軍手を外し、そっと手に取った。

件の特集はすぐに見つかった。

「……『あなたは来年もカレシと一緒にいたいですか？』」

「いますか？」ではなく「いたいですか？」というタイトルに、ごくりと唾《つば》を飲み込む。ざっと目を通してみると、野島が話していたような内容の不満が書かれていた。

その後、「恋人にしてほしいこと」「理想の恋人とは」と続く。そこにも目を通そうとした矢代だったが、

「あ、社長」

仲村が奥から顔を出した。

「すみません。コーヒー飲んでて。いらしてるなら声かけてくださればよかったのに」

にこやかにそう言ったあとで、矢代の手元を見て首を傾げる。当然だろう。矢代は女性誌を読むキャラではないし、これまで手にしたこともなかった。

「べつに用事があるわけじゃなかったから」

ごほんと咳払《せきばら》いをしてごまかし、雑誌をブックラックに戻す。ドアへと靴先を向けた矢代は、いったん仲村に顔を戻した。

「あー……ちょっと聞いてもいいか」

仲村は笑顔で頷く。

「私で答えられることでしたら」

仲村は女性なので厳密には参考にならないが、一意見として聞いておきたかった。

「仮定の話だが、うちのスタッフで恋人にするとしたら、誰がいい？」

まるで合コンのノリも同然の質問に、仲村はやや面食らった顔をしたものの真面目に答えてくれるようだ。それほど悩まず、口を開いた。

「槇さんか藍川さんかな。ふたりともすごくマメじゃないですか。大事にしてくれそうっていうか——あ、社長のことも私すごく好きですよ。ただ、放っておかれるような気がしちゃうんですよね。私がいなくてもいいっていうか。だから、恋人にはちょっと——でも、野島くんと太一《たいち》くんは問題外です。野島くんは押しつけがましいところがあるし、太一くんに至ってはなにかあったら脅されそうだし」

女性というのはよく観察していると、的を射た意見を聞いて驚嘆する。おそらく誰に聞いても同じ返答になるにちがいない。

「そうか。ありがとう」

右手を上げ、先刻よりもっと切羽詰まった心地になって事務所を出る。自分のような気の利かない男で、果たして藍川は来年も一緒にいたいと思ってくれるだろうか、矢代自身ですら明瞭な答えが出せなかった。

いまは好きだと言ってくれていたとしても、なにを考えているかわからないからと出ていってしまったら——。

はたと、大変な事実に思い当たった矢代はその場で足を止めた。

「……俺って奴は」

あまりに間抜けな自分に、頭を掻《か》きむしりたくなる。藍川は自分に対してちゃんと好きだと告げてくれたというのに、それに安心して同じ言葉を返していなかったのだ。

ホテルで一夜を過ごして二週間。

母親と良好な関係を築いているのも、Yクラフトの皆にうまく溶け込んでいるのもすべて藍川の努力あってこそで、そこに胡坐《あぐら》をかいた矢代はなにもしていなかった。ただ幸せに浸っていた。いまある平穏で甘酸っぱい生活は、すべて藍川のおかげで成り立っているのだ。

すぐにでもなんとかしなければならない。

矢代は大きく息をつくと、また歩き出した。意を決して整備場へ戻ってみたが、肝心の藍川がいなかった。

「藍川さん？　便所じゃないっすかね」

仲村に「押しつけがましい」と評された野島が答える。一刻も早く伝えなければという焦りはあるものの、トイレで告白するわけにはいかないので、野島に譲られたパイプ椅子に腰かけ藍川を待った。

喫煙スペースには槇と野島の他にも太一が顔を揃えている。藍川がいつ入ってきてもいいように意識を外へ残しつつ、目の前の槇に水を向ける。

「大事なひとに、感謝の気持ちを含めていろいろ伝えるにはどんなものを贈ればいいと思います？」

指輪というわけにはいかないだろう。藍川の好みも知らない。自分の腑甲斐《ふがい》なさに呆れてしまう。

太一の怪訝《けげん》そうな視線も、野島の愕然とした表情も無視して槇の返答を待つ。いい歳をしてこんなことを槇に聞かなければならない自分が情けなかったが、背に腹は代えられない。

「どれくらい大事な相手なのかにもよる」

もっともな答えに、矢代は顎《あご》を引く。

「すごく大事なひとです」

思えば、来る者拒まず去る者追わずで淡泊だと言われてきた矢代が、自分から何度となく捜しにいった相手は藍川ひとりだ。その時点で、他の人間と藍川がちがうのは至極当然のことだったのだ。

「チカ先――」

口を挟もうとした野島を制した槇が、吸いさしの火を灰皿で消した。

「あくまで俺の考えだが、急を要しているなら、速攻でちょっといいホテルを予約して、有休取るな。手遅れにならないうちに」

手遅れという単語が頭の中を駆け巡り、矢代はがたりと音をさせ椅子から腰を上げる。

槇の言うとおりだ。急を要しているし、職場の皆の前で手軽に告げていいことではない。

携帯電話を手にした矢代は、整備場の隅でホテルの予約にかかる。

「ま、まさか……チカ先輩、彼女いるんっすか？　いったいいつの間に……槇さん、知ってたんっすか？」

背後で野島がひとり騒いでいるが、構っている場合ではなかった。なんとか今夜の予約が取れたので、ついでにこれから着替えに戻る旨を母親にも連絡をする。

あとは有休を取るだけになったとき、タイミングよく藍川が戻ってきた。

「あ、矢代。戻ってたのか。廃タイヤのところにいなかったから、缶コーヒー買ってきたんだけど」

言葉どおり藍川の手には矢代がいつも飲んでいる缶コーヒーがある。こういうところまでさりげなくチェックしていてくれたのかと、ますます己の愚かさに嫌気が差した。

「おまえ、知ってたか？　チカ先輩、彼女がいるんだぞ。おまえなんか、どんなに頑張ったって乗っ取れないってこった。あきらめろ」

野島がここぞとばかりに割り込む。

「あ――そう」

藍川は歯切れの悪い反応をすると、ちらりとその目を矢代へ向けてきた。視線が合うと、少しばかりはにかみ、それを隠すためか唇を引き結ぶ。

他人に指摘されるまでもなく藍川は見た目が綺麗で、気の利く男だ。嫁にするなら外見よりも気立てのよさで選べと亡くなった父親がよく話していたが、外見も気立てもいい嫁などそうそういないだろう。

無粋な自分にはもったいない。手遅れにならないうちに、引き留めなければ一生悔やむはめになる。

「今日と明日有休を取るから、あとよろしく」

ええ！　と声を上げた野島を尻目に、困惑している藍川の腕を取った。

「帰るぞ」

ぐいと腕を引くと、藍川は驚いたようだ。

「え、俺も？」

「そうだ」

当然の反応だったが、とりあえず話は皆の前ではなくふたりきりになってからとしようと外と連れだしにかかる。

「チ、チカ先輩っ」

引き留めてきた野島を肩越しに一瞥《いちべつ》したが、足は止めなかった。

「なんで……なんでっすか……まさか、そいつを社長夫人にするっていうんすかぁぁっ。てか、俺の誕生日なのにぃ〜」

野島の情けない声が整備場に響き渡る。野島には悪いが、後輩の誕生日よりも矢代には大切なことだった。

「むしろ俺は、いままで気づいてなかったおまえにびっくりしてるよ」

苦笑混じりで槇がそう言うのが聞こえたのを最後に、矢代は藍川とともに整備場を出ると、その足でワゴン車に乗り込んだ。

「えー……と、説明してもらえる？」

できれば手順を踏みたいと考えていた矢代だったが、藍川に促されて今後の予定を伝える。

「一回うちに戻って着替えてから出よう。ホテルを予約してる」

藍川は首を傾げた。

「……矢代、誕生日かなんか？」

唐突なのは承知のうえだし、疑問に思うのも無理はない。

「いや。誕生日でもないし、特に記念日というわけでもない」

「だったら、有休取ってまでなんでホテル？」

「それは」

女性誌の特集記事に踊らされた感はある。しかし、このまま気づかずに過ごしていたかもしれないと考えると、いま手を打てたのは幸運だった――と思うことにする。

槇の言うとおり、手遅れになっては元も子もない。

「仕事場ではみんな一緒で、うちに帰ってもお袋がいるから、なかなかふたりきりになれないだろう」

矢代としてはストレートに話したつもりだったが、藍川から返事はない。まさか断られるのではと助手席を窺えば、藍川の横顔が見る間に赤く染まっていくのがわかった。

「……見るなって」

唇を尖《とが》らせ、拗《す》ねたような表情になる藍川に矢代は喉《のど》の奥で唸《うな》る。まだ間に合ったらしいという安堵もあったし、思いのほか純情な反応にときめいたというのもあった。

手を握りたかったが、家に着いてしまった。ガレージにワゴン車を突っ込んだ矢代は、早くふたりきりになることだけを考える。

「どうしたの？　慌ただしいわね」

玄関を入った途端に階段を駆け上がった矢代に、母親が呆れる。

「どうやら急ぎの約束があるみたいで」

すぐさまフォローした藍川に対して、よけいな話をし始めた。

「あらまあ、なにかしら。ああ見えてあの子、結構そそっかしいところあるでしょ？　ちゃんとやってるふうで、大事なことが抜けてたり」

いちいち相手をする必要などないのに、藍川は律儀《りちぎ》にも返事をする。

「そうですか？　俺から見れば、知佳くんは昔からしっかりしてますけど」

「ぜんぜんよ」

藍川のせっかくの好意を、母親は一刀両断した。

「見かけ倒しなの。他人の世話ばかり焼いて自分に関しては片手間になってることが多かったから。おまけに頭が固いでしょ？　母親としては、この子一生独り身かもしれないって心配してたのよ。なにしろ、気が利かないでしょう？」

開け放ったドアから母親の愚痴を聞きながら、荷造りをしていく。

「そんなことないですよ。知佳くんは優しいです」

藍川のやわらかな声音《こわね》の返答が耳に届くと、これ以上は聞いていられなくなりいったん部屋を出て階段の上から声をかけた。

「藍川も早くしてくれ」

やっと階段を上がってきた藍川を急かし、手早くジャケットとパンツに着替えると荷物を持って階下に降りる。

「今日は外に泊まるから」

話が長くなるのを避けるために一言だけ残してそそくさと玄関で靴を履き、外に出ると今度は藍川のチェロキーに乗り換えた。

その間、二十分足らずだ。

「シャワーくらい使わせてくれてもよかったのに」

確かに汗を掻いているし、ところどころ油もついたままなのでシャワーを浴びてもよかったが、矢代はとにかく一刻も早く家を出たかった。

二週間。まるで友人同士のような生活を送っていた事実が信じられないほど気が急いている。本来なら文句のひとつもぶつけられて当然の状況で、気が利かないという母親の評価も甘んじて受け入れるしかないというのに、こんな自分を優しいなんて言ってくれるのは藍川だけだろう。

「なら、ホテルで一緒にお風呂入っちゃう?」

自分で誘っておいて、冗談だと言いたげに藍川は笑い飛ばす。

「そうだな。そうしよう」

てっきり喜んでくれるか、恥じらってくれるものだとばかり思っていたのに、笑みを引っ込めた藍川の顔には矢代に対する疑心が浮かんだ。

「……マジでどうしたの? 俺、明日追い出されるとか?」

意外にネガティブな発想をした藍川の髪に触れる。車の中で抱き寄せるわけにもいかず、すぐに手を離した。

「そんなわけないだろう」

「…………」

藍川からの返答はない。なにか考え事でもしているのか黙っているので、矢代も口を噤《つぐ》んだ。

三十分ほどでホテルに着く。

二週間前に利用したものとはちがい、名の通ったホテルのそこそこ値の張る部屋をリザーブした矢代はアプローチでチェロキーを預けると、藍川と連れだって正面玄関から入った。藍川を待たせてフロントでチェックインをすませ、キーを受け取り、エレベーターで上階に向かう。

「男ふたりで変に思われたかな」

苦笑いでこぼした藍川には、どうでもいいと答えた。

実際、他人の視線を気にしている場合ではない。やるべきことがはっきりしている以上、矢代に迷いはなかった。

エレベーターが停まってチンと軽い音を立てたとき、藍川はどこか身の置き場に困っているかのように見えた。矢代の半歩後ろから廊下を歩く間も落ち着かない様子で、矢代はそれに気づいていたがあえて知らん顔をして、部屋の前まで来ると無言で開錠した。

部屋は申し分ない。ラグジュアリーを謳《うた》っているだけあって、大きな窓のあるゆったりとした空間だ。奥にデスク、中央にソファとテーブル。右手にはセミダブルのベッドがふたつ並んでいる。左手奥がバスルームになっていて、バスタブとは別にシャワールームが設《しつら》えてあった。

「缶コーヒーじゃなく、まむしドリンクでも買ってくれればよかったかな」

藍川がジャケットのポケットから缶コーヒーを出して笑った。

「ああ」

矢代は、バスタブに湯を張るためにまっすぐバスルームに足を向けた。四脚の洒落《しゃれ》たバスタブの縁《ふち》に両手をつくと、何度か深呼吸をする。

互いに口数が減り、話してもあえて軽い口調を装う理由はわかっていた。ようは、緊張しているのだ。

この場合、いざふたりきりになれば緊張するほど、ふたりきりになっていなかったという事実が問題だろう。

愚鈍にもほどがある。

藍川からは切り出し難かったにちがいない。仕事も住処も世話になっている身で――と、藍川なら考えるだろう。そういう面では、本人がどう思っていようと常識人だ。

確かに、藍川が仕事や家に一刻も早く馴染《なじ》んでくれるようにと、そちらにばかり意識が向いていたとはいえ――言い訳のしようもなかった。

蛇口をひねって湯を出し、客室に引き返したとき、藍川は冷蔵庫の前にいた。

「真っ昼間だけど、たまにはいいよな」

缶ビールを二本取り出し、矢代に掲げてみせる。早速プルタブを開けると、ぐいと一気に呷《あお》った。

「なに？　飲まないの？」

矢代の手の中でぬるくなるばかりの缶ビールを見て問うてきた藍川に、ああと頷く。テーブルに缶ビールを置いた矢代は、藍川からも飲みかけの缶を奪って隣に並べた。

「ありがとう」

矢代としては、ふたりきりになったらまず言おうと構えていたことだったが、藍川には唐突だったらしい。きょとんとした顔をしたあと、表情が一変した。

「やっぱり、なにかあるんだな。急にこんなところに来て――」

「本当になにもない」

すぐに否定しながら、これにも自嘲する。いったい自分はどこまで腑甲斐ない男なのか、と。ホテルでふたりきりになって色っぽい雰囲気になるどころか、真っ先に異常事態を案じられてしまうなんて男として猛省すべきだ。

なおも半信半疑の表情のままだった藍川は、矢代がほほ笑むとあからさまにほっとした様子を見せた。

「なんだ。俺はてっきり」

だが、そこで口を噤む。

「てっきりなんだ？」

先を促せば、藍川にしてはめずらしくさんざん言い渋ってから、言葉を紡いでいった。

「ホテルに誘ってくれたときは浮かれてたけど、考えるうちにもしかしたらその反対で、やっぱり女の嫁がいいからって振られるんだと思ったから」

どうしてそんな誤解をしたのかとぎょっとした矢代だったが、思い当たることがあった。さっきの母親との会話だ。母親が意味深長な言い方をしたから藍川は誤解したのだ。もとよりそれのみではなく、日頃からの自分の態度も関係しているだろうが。

「すまない」

矢代は謝罪の言葉とともに、藍川を抱き寄せた。

「俺がちゃんとしてなかったばっかりに藍川によけいな気を遣わせてしまった。今日、俺が焦ってホテルを取ったのは藍川に愛想を尽かされたくないからだし、藍川がいるんだから、他に嫁なんていているはずがない」

腕の中の身体《からだ》が硬くなる。藍川自身がどう思っていようと、こういう純粋な部分は昔から変わっていなかった。

「え……と、つまり……」

切れ切れに口にされた問いに、矢代は抱き締める腕の力を強くした。

「つまり、好きだって言いたいんだ。好きだから、俺の傍にいてくれ」

「――――」

返答までに間が空いた。

「これ、夢じゃないよな」

やけに冷静な口調でそう言った藍川を見ると、いつかのように赤くなるのも構わず自分の頬《ほお》を抓《つね》っている。

矢代は頬から手を外させ、指の跡のついた頬に口づけた。

「夢だったら俺が困る」

いっそう頬を赤らめた藍川は、それを隠すかのように声高に叫んだ。

「だったら、矢代のお母さん、ごめんなさい。お嫁さんも孫もあきらめてもらわなきゃならないけど、その代わり、寝たきりになったときは俺に面倒みさせて」

藍川らしい返答には自然に口許が綻ぶ。矢代が考えるよりもずっと、ふたりの未来についてちゃんと考えてくれていたようだ。藍川のことだから、最悪のケースも想定ずみだったにちがいない。

「お袋はとうにあきらめてるぞ」

「え」

これにはよほど驚いたのか、藍川が両手で矢代を押した。困惑した様子で瞳を揺らすが、矢代にしてみれば当然のことだと言えた。

「藍川を捜しに行く前に、お袋には話した。薄々気づいていたみたいだし、まあ、多少びっくりしたみたいだが、いまの感じだとちゃんと受け止めたんじゃないか?」

迎えにいくなら明確な理由と覚悟が必要だった。もし母親が反対したときは長期戦の気構えで、家を出て部屋を借りるつもりでいたのだ。

藍川は双眸《そうぼう》を見開き、口をぱくぱくとさせる。ややあって発した言葉は、

「ばっかじゃないの！」

だった。

「いきなり馬鹿正直に伝えるなんて、お母さんが寝込んだらどうするんだ。しかも——俺に隠してやがって……っ」

矢代の胸を叩く綺麗な顔はいまにも泣きそうに歪んでいるものの、やはり綺麗だ。ごめんとまた謝った矢代は、やわらかい髪に指を絡めた。

「隠してたつもりはなかったんだ。言うチャンスがなかっただけで——でも、そうだな。真っ先に藍川には話すべきだった」

ほんとだよ、と藍川がしかめっ面のままなおも詰《なじ》ってくる。

「言っとくけど、俺、人生で『お母さん』なんて呼んだの、初めてなんだからな。矢代のお母さんに嫌われたら……矢代に嫌われるよりつらいかも」

きっと冗談でも嘘《うそ》でもない。親戚の家で育った藍川が肩身の狭い思いをしていたことはなんとなく察していたし、そうでなくとも他人と距離を置くタイプだ。あえて口にせずともいろいろあっただろうことは、高校卒業と同時に家を出た事実でも十分窺える。

「大丈夫だろう？　お袋と藍川がうまくやってくれて、俺も嬉しい」

矢代も同じだ。母親のことも藍川のことも大事だからこそ、隠す気はさらさらなかった。

「――お母さんって、すごいね」

しみじみと口にした藍川が、頭を肩にのせてくる。背中を抱き、甘い匂いを嗅いだ矢代はふっと目を細めた。

「知佳くんって呼んでたろ？」

先刻、母親に矢代のことを『知佳くん』と言ったのが聞こえた。普段の藍川は常に『矢代』と名字を呼ぶため、新鮮な感じがした。

子どもの頃から親族や近所のひとに幾度となく『知佳くん』と呼ばれてきたのに、藍川の呼び方はくすぐったくて、まるでちがって聞こえた。

「もう一回呼んでくれないか」

案の定、藍川は渋る。

「えー……あれはお母さんの前だったし」

「金沢《かなざわ》さんのことは、名前で呼んでるじゃないか。本当言うと、いまだ親しくしているのを見ると、面白くない」

亡くなった金沢老人のことを話して聞かせているとわかっていても、面白くないものは面白くない。誠一《せいいち》にその気があるように見えるからなおさらだ。

「だってお祖父さんとどっちかわからなくなるから——って、もしかして焼き餅だったりする？」

「悪いか」

開き直って即答すると、藍川がかぶりを振った。

「悪くない。もうそろそろ終わりにしようと思ってたところだし、次でやめる」

そんなことまでしなくてもいい、そう返すのが大人だろう。しかし、あえて矢代は撤回せずに本題に戻った。

「呼んだら、なにか俺にもいいことある？」

あきらめたのかそんな提案をしてきたので、もちろんだと答えると——恥ずかしいんだよとぶつぶつと文句を言いながらも、どこか甘さを含んだ声音で藍川は矢代の名前を唇にのせた。

「知佳」

たかだか名前の呼び方ひとつに、胸の奥がぎゅっと鷲掴《わしづか》みにされたような心地になる。他では味わえない、特別な感情が込み上げてくる。

「よし。一緒に風呂に入ろう」

満足してそのまま細い腰を抱え上げると、両腕を矢代の首に絡めてきた藍川がなんとも言えず色気のある上目遣いでそそのかしてきた。

「なら、今度は俺からの頼み」

そう前置きして照れくさそうに口にされた藍川の頼みは、矢代にとっても望ましいものだった。

「ほんと言うと、俺、結構欲求不満。こっそりトイレで抜いたこともあるくらいだ。こんな高いホテルじゃなくていいから、三日……せめて一週間に一回でいいからやりたい。車の中でもいいし、なんなら整備場の裏とかでもいいから」

「――――」

瞬時に、トイレで抜いている姿や車中や整備場の裏での行為が脳裏を駆け巡り、頭の芯《しん》が痺《しび》れる。

ついでに皆が帰ったあとの整備場とか、回り道をした先にある公園とか、神社とか、ありとあらゆる場所でのめくるめく行為が浮かんできて堪《たま》らなくなる。

「うわ」

直後、藍川が声を上げた理由は矢代自身が誰よりわかっていた。

言葉よりも先に身体が意思表示をしたのだ。

「うん。大丈夫。俺に任せて」

バスルームに入ると輝かんばかりの笑顔を向けられる。ほぼ同時に、ぶつりとなにかが切れる音が聞こえたような気がしてシャワーどころでなくなり、藍川を強く掻き抱いた。

どうやら欲求不満なのは藍川以上だったらしく、その後、矢代は我を忘れて蕩《とろ》けるように甘い身体を貪《むさぼ》った。

後日、意外にむっつりだと言われたときにはなんの申し開きもできなかったのだ。

あとがき

こんにちは。初めまして。高岡です。

九月に出していただいた本が文庫化だったので、書き下ろしとしては半年ぶりの新刊になりました。

ルチル文庫さんからの新作となるとさらに久しぶりでして——いったい私はなにをやってたのと、遠い目になってしまいそうです。

夏場に体調を崩したとはいえ、一昨年くらいからなにしろペースが落ちてしまい、一作あげるのに以前の倍の月日がかかるようになりました。

自分を大事にしすぎているような気もしますが、毎年歳を重ねていくのは確実なのでマイペースで頑張っていきたいと思います。

そんな久しぶりの本は、初恋を引きずるふたりのお話になりました。

愛人稼業から足を洗ったばかりの受というわりとハードな設定なのですが、面倒見のいい自動車整備工攻と彼らを見守るYクラフトのみなさんという、ちょっとアットホームな雰囲気を目指しました。

ツナギっていいですね！　額に汗して働く姿は格好いいと作中で受も言っているとおり、個人的にとても素敵だと思ってます。もちろんツナギを着ていなくても、一心に働く姿は美しく、格好いいです！

さて、そんな今作、竹美家らら先生がイラストを描いてくださるとのことでしたので、不器用なふたりの初恋成就のネタがとてもイメージしやすかったです。キャララフを拝見したときは、メインのふたりはもとより脇キャラまでカッコ可愛くて、心が和みました。

竹美家先生、ありがとうございます！　本を手にするのが愉しみです。

担当さんにはいろいろとご面倒おかけしました。ぎりぎりになってしまって本当に申し訳ありません。精進します。あ、あと槇が好きだと言ってくださってとても嬉しかったです！　私も脇役スキーなので、仲間ですね。

この本が発売される頃には、今年も残り半月となっています。恐ろしい話です……。二〇一二年もあっという間に去っていきますよ。年末年始はなにかとばたばたするのであまり得意ではないのですけど、なんとか乗り切って、よい二〇一三年を迎えられるといいなあと切に願っています。

「二度目の恋なら」をお手にとってくださった皆様、本当にありがとうございます。少しでも愉しんでいただけることを祈ってます。

それでは、よいお年を。

高岡ミズミ

✦初出　二度目の恋なら……………書き下ろし
本気の恋なら…………………書き下ろし

高岡ミズミ先生、竹美家らら先生へのお便り、本作品に関するご意見、ご感想などは
〒151-0051 東京都渋谷区千駄ヶ谷 4-9-7
幻冬舎コミックス　ルチル文庫「二度目の恋なら」係まで。

幻冬舎ルチル文庫

二度目の恋なら

2012年12月20日　第1刷発行

✦著者	高岡ミズミ　たかおか みずみ
✦発行人	伊藤嘉彦
✦発行元	株式会社 幻冬舎コミックス 〒151-0051 東京都渋谷区千駄ヶ谷 4-9-7 電話 03(5411)6432[編集]
✦発売元	株式会社 幻冬舎 〒151-0051 東京都渋谷区千駄ヶ谷 4-9-7 電話 03(5411)6222[営業] 振替 00120-8-767643
✦印刷・製本所	中央精版印刷株式会社

✦検印廃止

ISBN978-4-344-82702-8　C0193　Printed in Japan